KB036541

싫존주의자 선언

사과집 지음

일러두기

1. 단행본은 『』로, 논문, 신문기사 등 개별 작품은 「」로, 방송 프로그램, 영화, 노래 등은 〈 〉로 표시했습니다.

2. 외래어 표기는 국립국어원의 외래어 표기법을 따랐으며, 일부 관례로 굳어진 것은 예외로 두었습니다.

3. 인용문은 원문 그대로 표기하여 일부 표기법이 본문과 다를 수 있습니다.

싫존주의자 선언

사과집 지음

i hate

우리는 좀 더 예민해질 필요가 있다

말하지 않으면 바뀌지 않으니까

첫 직장에 다닐 때, 사수로부터 이런 이야기를 들었다.

"너는 반골 기질이 보여. 나는 너를 이해하지만, 네가 다른 사수와 팀을 만났을 때를 생각하면 조금 걱정되기도 해."

비난의 어조는 없었다. 악의 없이 깔끔했다. 다른 회사 사람들에겐 내가 반골로 보일 수 있으니, 조심할 필요가 있다는 의미로 꺼낸 말이었다.

그 말을 듣고 나는 조금 복잡한 심정이 되었다. 튀지 않으려고 나름 조심하며 지내왔기에 내 입장에서는 본격적

(?)으로 반골처럼 굴어본 적이 없기 때문이다. 사수에게 그 말을 듣기 전까지 내가 회사에서 했던 나름 도전적인 말이라고는 "회사에 여성 임원이 더 많이 필요합니다!" 정도였다.

반골(反骨). 뼈가 거꾸로 솟아 있다는 뜻이다. 삼국지에서 유래된 이 단어는 권력에 순응하거나 굽히지 않고 저항하는 기질을 뜻한다. 반골은 갑질과 차별, 침묵을 강요받을 때 "왜?"라고 묻는다. 반골은 고정관념에 구애받지 않는다. 반골은 싫은 건 싫다고 말할 줄 안다. 그러니까 반골은 확실한 신념이 있고, 이를 기꺼이 주장하는 사람들이다. 그래서 눈에 띈다.

당시 나는 나의 온건한 반골 성향을 부끄러워하는 편이었다. 주장은 허술하고, 용기는 흐렸기 때문에. 나는 지적이고 싶어 하면서도 잃는 것은 없었으면 했고, 갈등은 피하면서 옳은 말은 하고 싶어 했다. 그래서 마음에 걸리는 걸 그리 많이 표현하지도 않았는데, 이 정도로도 회사에서는 '반골'로 분류될 수 있다니….

그런데 이상하게 사수의 그 말이 나에게 용기를 줬다.

조금 더 말하고 다녀도 되겠다는 용기. 나마저도 아니라고 말하지 않으면, 아무도 말하지 않는다는 거니까. 기본적으로 그 용기의 바탕엔 내가 속한 공동체에 대한 애정이 있었다. 나는 내가 있는 그곳이 '이왕이면' 더 나아지기를 바라는 사람이었다.

글을 쓰면서는 용기를 내기가 더 쉬웠다. 회사에서 직접 말할 용기가 나지 않을 때, 대신 글을 썼다. 회사 신년회에서 개인정보인 인사 기록 카드의 내용을 가지고 퀴즈를 낼 때, 매번 교체되는 계약직 출신의 비서가 실수했다고 주말에 갑작스레 예절 교육이 만들어졌을 때, 장애인에 대한 충분한 이해 없이 일회성 봉사활동을 벌일 때, 신입사원 교육에 여성 치어리더를 부를 때…. 현장에서 놓쳤던 부조리를 곱씹고, 어떤 게 문제였는지, 무엇이 바뀌어야 하는지 고민하며 글을 썼다. 그 과정에서 주장이 정교해지고, 용기가 선명해졌다.

그렇게 현실에서도 용기 내서 말하기 시작했다. 삶은 느리지만 조금씩 변했다. 글을 쓰며 점점 나는 나를 덜 부끄러워하게 되었다. 그제야 알았다. 용기 있는 사람만 말하는 게 아니라, 말을 하며 용기 있는 사람이 된다는 것을.

삶에 불편한 것이 많다는 것, 항상 화가 난 상태로 산다는 것, 일명 '프로 불편러'로 산다는 것은 번거로울지 모르지만, 글을 쓰는 입장으로서는 예민함도 자원이 된다. 우리에게 필요한 것은 탈정치적이고 아름다운 흔한 말이 아니다. 선명하고 정치적인 언어가 우리에게 필요하다.

> 그러므로 청년을 향한 위로와 회복의 메시지는 지배계급이 선사한 일종의 마약성 진통제인 셈이다. (…) 더 이상 청년들에게 '따뜻한 언어'는 필요 없다. 우리에게 정말 필요한 것은 지금 당장 우리를 둘러싼 문제를 '해결'하는 것이다.
>
> _ 임가희, 「청년들에게 필요한 것은 '따뜻한 언어'가 아니라 '문제의 해결'」 중에서

나는 따뜻한 언어가 아니라 '문제를 해결하는 글'을 쓰고 싶다. 대안을 제시하지 못한다면, 화두라도 던지고 세상에 균열을 주고 싶다. 유리천장을 투명하게 닦는 글, 벽을 자각조차 하지 못하도록 아름답게 표백하는 〈트루먼 쇼〉의 언어는 더 이상 필요 없다. 유리에 돌멩이를 던지지 못

한다면, 적어도 내 무거운 몸무게를 힘껏 실어 금이라도 내어야 한다. 누구도 거슬리게 하지 않는 완벽하게 나이스한 글은 반대로 누구에게도 영감을 주지 못한다.

예민한 사람은 사랑하는 것이 많은 사람이다. 공동체를 사랑하기 때문에 그곳의 부조리에 대항하고 소리를 내는 것이다. 그리고 우리는 단 하나의 공동체에만 소속되어 있지 않다. 나라는 자아의 레이어는 내가 속해 있는 공동체만큼이나 다양하다. 나는 때로는 아이돌 팬으로서 팬덤을 존중하지 않는 음악 산업에 항의하고 싶고, 때로는 일하는 여성으로서 직장 내 성차별 문화를 개선하기 위해 소리 내고 싶고, 때로는 발달장애인 동생의 언니로서 장애인이 차별받지 않는 사회에 대한 목소리를 높이고 싶다.

당신은 어떤 사람인가? 어떤 레이어로 구성되어 있는가? 이 질문에 따라 우리가 분노하는 주제는 아마 서로 다를 것이다. 하지만 세상의 수많은 헛소리에 대해 함께 이야기하다 보면, 더 나은 공동체의 교집합을 늘려나갈 수 있다.

나는 이런 사람들을 '싫존주의자'라고 부르겠다. '싫존주의'는 '싫어하는 것도 존중해달라'는 말에서 비롯되었다고 한다. 하지만 '싫존주의자'는 단지 싫다고 말하는 데서 끝내지 않는다. 그들은 공동체에 대한 사랑을 기반으로, '아닌 건 아니다'라고 말할 수 있는 사람이다. 세상이 나를 침묵하게 만들어도, 굳이 이야기하고 함께 연대하는 사람이다. 우리에겐 더 많은 싫존주의자들의 이야기가 필요하다.

2021년 3월
사과집

2
장

정의로운 예민함이 필요한 순간

I hate

1장

실존주의자
선언

조언하는 사람들에게
보내는 조언

오랜만에 튼 TV에선 〈아침마당〉과 비슷한 형식의 프로그램이 방영되고 있었다. 그날의 주제는 '세 명사의 행복론'. 시청자의 고민에 대해 스님, 목사님, 신부님 세 종교인이 조언해주는 포맷이었다. 주부들의 현실적인 고민에 중년의 남성 종교인들이 얼마나 공감할 수 있을까 하는 삐딱한 시선으로 방송을 시청했다.

시청자　매번 취업하면, 결혼하면, 아이가 생기면 행복

하겠지 하며 다음을 기약하며 살았습니다. 하지만 아직도 행복하지 않습니다. 어떻게 하면 행복해질 수 있을까요?

신부님   혼자서 보내는 여유로운 일상, 행복한 시간을 휘게라고 해요. 일상에서 행복을 찾아보세요.

목사님   삶이 연극이라면, 항상 주인공이나 스타가 되려고 하면 불행합니다. 스타가 되려고 하지만 말고 연기를 즐기며 살아보세요.

자기 삶인데, 조연으로 살라고? 세상의 순리대로 아내, 며느리, 엄마의 역할을 다하며 살아왔지만 행복하지 않다는 사람에게 그나마 그 역할이라도 잘 수행하며 살라는 말이 적절할까? 옆자리에 앉은 스님은 신부님의 숙명론에 반박하며, 자신의 운명을 개척할 수 있다고 했다. 하지만 그 역시 어떻게 개척할 수 있는지에 대해서는 함구했다.

'괜찮아지기로 했다' 식의 조언이 먹히던 시기는 지났다. 현실은 변하지 않는데 다들 나에게만 정신 승리를 하라고 한다. 휘게 라이프와 소확행을 즐기면서. 구조는 건들지 않은 채 개인의 인내력만 강요하는 피상적 해결책이다. 직장인들도 이런 쓸모없는 조언을 많이 듣는다. 특히 회식 자리에서. 높은 임원들과 술을 마실 때면 언제나 임원의 아름다운 인생 스토리가 일장 연설로 이어진다.

"사랑하는 사람들을 소중히 여기는 게 가장 중요합니다. 내가 출퇴근을 할 때 아내는 몇십 년간 하루도 빠지지 않고 창문 밖으로 내 차가 사라질 때까지 나를 응원해줬어요. 그들 때문에 이 자리에 있을 수 있었죠."

이런 말을 들을 때면 차라리 폭탄주를 마시고 싶다. 임원이 말하는 성공은 여성의 무급 가사 노동을 기본으로 하는 가부장제에서나 가능하다. 나 같은 전일제 직장을 다니는 미혼 여성에게 임원의 조언은 쓸모없는 수준을 넘어 분노를 유발한다. 가끔 눈치 없는 척 "저도 그런 아내를 만나고 싶습니다. 전무님!" 하고 소심한 반발을 할 뿐이다.

결혼과 가정의 중요성을 강조하는 임원이 내게 하고 싶은 말은 무엇이었을까? 남편을 배웅하는 사랑스러운 아내가 되라? 그럼 나를 왜 뽑은 거지? 조언을 받는 상대보다 조언하는 본인에게 취해 자가당착에 빠진 경우다.

조언하는 사람은 자기 위치를 정확히 알아야 한다. 조

언을 받는 사람과 본인의 사회적 거리는 얼마나 떨어져 있는지, 자신의 상황과 얼마나 다르고 얼마나 비슷한지, 그럼에도 내가 줄 수 있는 메시지가 있는지, 그것이 너무 보편적인 말이라 안 하느니만 못하지는 않은지, 이 모든 것을 고려하고 난 후에도 내 말이 쓸모가 있을지…. 그런 자기 인식에 실패한 사람들은 후배들이 모두 본인처럼 되고 싶어 한다고 생각하고, 자신의 방법이 성공의 유일한 길이라고 믿는다. 서로 겪은 세계, 사회, 경제, 삶이 다르다는 것을 고려하지 않는다.

정신과 전문의 정혜신 박사의 심리 치유서 『당신이 옳다』를 관통하는 메시지는 '충조평판하지 않기'다. 충고, 조언, 평가, 판단을 하지 말라는 거다. 저자는 '충조평판'은 도움을 주기 위해 하는 말이라고는 하지만, 실제로는 상대가 만만해서 하는 것이며, 개별적 존재로 존중하지 않는 증거라고 말한다. 내가 틀릴 수 있다는 의심은 하지 않은 채, 너는 어리석은 자라는 전제가 깔려 있을 때 할 수 있다는 것이다. 대신 그는 "마음을 물어보라"고 제안한다. 계속 물어보면 알게 되고, 알게 되면 공감하게 되며, 공감하게 되면 타인을 개별적 존재로 대할 수 있다.

그러니 조언하는 사람들에게 조언한다. 모르면 알려고 노력이라도 해라. 지금 주부로 사는 한국 여성들이 어떤 삶을 살고 있는지, 덜어낼 수 없는 이중 노동을 하는 자에게 휘게 실천이 얼마나 맥락 없는 조언인지, 여성 직원들이 비혼을 결심하게 되는 이유는 무엇인지, '워킹맘'이 얼마나 눈치를 보는지, 왜 아직도 남성 직원이 육아휴직을 쓰면 눈치를 주는지, 후배들이 바라는 조직문화는 어떤 것인지….

듣는 사람에게 공감하지 않은 채 조언을 하면 "맞벌이 하시는 경우 어린아이들과 함께하는 시간이 많지 않아 미안하시죠. 이럴 땐 방법이 있어요. 엄마가 아이들이 일어나는 새벽 6시부터 45분 정도를 같이 놀아주는 거예요"와 같은 말을 하는 참사가 벌어진다.

그러니까, 웬만하면 조언하지 마세요.

실존주의자 선언

박완서의 장편소설『그 남자네 집』에는 해방 후 보수적인 가정에 며느리로 들어간, 그 시절 나름 대학도 다닌 고학력 주인공이 시어머니로부터 며느리 노릇을 배우는 장면이 나온다. 시어머니는 집에 놀러 온 이모님과 고모님들의 고무신을 뽀얗게 닦아놓으면 얼마나 좋아하시겠냐고 며느리에게 몰래 귀띔을 한다. 주인공은 지푸라기 수세미로 고무신을 닦아 어른들로부터 입이 마르도록 칭찬을 받지만, 며느리 생색을 내준 시어머니가 조금도 고맙지 않다.

그러나 얼마 후 남편의 생일로 식구들이 모였을 때 그녀는 누가 시키지도 않는데 자석에 이끌린 듯 고무신을 깨끗이 닦아 마님들에게 대령하기에 이른다.

"그건 한 번 받아봤기 때문에 기대하고 있던 칭찬이었다."

고무신을 닦는 자신을 보고 쓸쓸한 마음으로 '나도 별수 없이 시집 식구가 되는 궤도에 들어섰구나' 하며 자조하는 주인공의 모습이 왜인지 술자리 예절을 수행했던 내 모습처럼 느껴졌다고 하면 과장인 걸까.

불필요하고 과하다는 걸 알면서도 내 평판에 해를 끼치지 않기 때문에, 오히려 사랑받는 사람이 된 듯한 착각에 그걸 모르던 시절로 돌아가기가 쉽지 않다. 싫은 소리 듣고 싶지 않은 아랫사람이라면 어쩔 수 없이 배우는 예절들. 처음에는 왜 이런 걸 시키냐며 욕을 하다가도 식구가 되기 위해서 별수 없이 배워서 하는 과정. 그것은 '신입사원'이 일머리를 배워 '사원'이 되는 과정이자, '며느리'가 눈칫밥을 먹고 '새아기'가 되는 과정이었다. 업무 외적인 일머리지만 조직에서 인정받기 위해서는 업무보다 중요해지기도 하는 그놈의 고무신 닦기….

　시부모와 며느리 관계와 직장 상사와 후배의 관계는 비슷한 점이 많다. 생판 모르던 남이 갑자기 한 '가족'이 된다. 진정한 가족이 되기 위해서는 권위를 가진 자로부터 인정받아야 한다. 가장 쉬운 방법은 그 사회의 문화를 빠르게 제 것으로 만드는 것이다. 그런데 그 인정이라는 것이 아랫것의 시간과 노동력을 갈아 넣는 일방적인 헌신의 대가인 경우가 많다. 그렇게 불평등한 관계에서 사랑과 인정을 누적해야 비로소 가족의 일원이 된다. 시스템에 또 다른 사람이 들어온다. 같은 과정이 반복된다.

　갈등은 대부분 새로운 사람이 들어와 3세대가 혼재할 때 격화된다. 중간자가 윗사람에게 배우고 아랫사람에게 요구하는 '사랑받는 법'이 뉴비(newbie, 어떤 분야에 미숙한 초보자)에게는 불합리하게 보인다. 그는 '권위는 나이가 아니라 행동에서 오는 것'이라고 생각한다. 부장이나 시어머니라는, 존재 자체가 권력인 사람이 불필요한 행동을 강요하는 것이 이해되지 않는다. 갑자기 한 지붕 아래에서 산다고 해서 간단하게 가족이 된다고도 생각하지 않는다. 그러니 사랑받고 싶은 욕망도 크지 않다. 이들은 요즘 '밀레니

얼 세대' 혹은 '90년대생'으로도 일컬어지지만, 특별한 신인류가 아니다. 시대가 변화하며 이름과 구성원이 바뀔 뿐, 항상 존재하는 고정적 집단이다.

3년간의 짧은 회사 생활을 마치고 그동안 얻은 수많은 '사랑받는 잔재주'들을 떠올려본다. 예를 들면 빨대 비닐 제거 예절이 있다. 프랜차이즈 카페의 빨대는 낱개로 포장되어 있는데, 후배가 선배의 커피에 빨대를 꽂을 때는 원칙이 있다. 비닐 포장 전체를 벗기지 않고, 윗부분의 짧은 비닐은 그대로 두는 것이다. 선배의 입이 닿는 부분에 후배의 지문이 닿지 않게 하는 센스 있는 행동이라며 어깨너머로 배웠다. 그러나 위생에 그렇게 신경 쓰는 사람들이 회식 자리에서 술잔은 왜 그렇게 돌리는지 이해되지 않았다. 하지만 커피 심부름을 할 때마다 별수 없이 빨대 끝에 짧은 비닐을 남겼고, 후배도 그걸 보고 따라 하기 시작했다.

언젠가 중요한 어른을 커피숍에서 만난 적이 있다. 시어머니의 며느리 생색이 싫었지만 자연스럽게 고무신을 닦던 소설 속 주인공처럼, 나는 자연스럽게 빨대 끝에 짧은 비닐을 남기고 그분께 커피를 드렸다. 내심 센스 있고 예의 바른 사람으로 비치길 바랐다. 하지만 짧은 비닐의 존재를 자각하지 못했던 그분은 비닐까지 삼킨 후 한참을 캑캑댔고 나는 휴지를 챙기러 황급히 일어서야 했다.

　그때 나는 축적된 사회생활 노하우를 자랑스럽게 여긴 그간의 나를 전면적으로 되돌아볼 수밖에 없었다. 어쩌면 나는 센스 있는 자신에 취해 구시대의 질서를 퍼트리는 '고무신 빌런'이 돼버린 것은 아니었을까? 사랑받기에 중독되어 훗날 비닐 껍질을 남기지 않는 아랫사람들에게 철 지난 예절을 강요하는 꼰대가 되어버리는 것은 아닐까? 철제 빨대가 나오는 플라스틱 제로의 시대에 비닐 쪼가리 하나에 일일이 신경 쓰는 어른만은 되고 싶지 않은데 말이다.

　내가 원하는 건 각자 알아서 자기 고무신을 닦는 사회다. 알아서 술잔을 채우고, 알아서 커피를 사고, 빨대를 꽂는 사회다. 당연하게, 별수 없이 수행하는 예절이 정말 이 시대에 필요한 것인지 우리는 재고할 필요가 있다. 『논어』 텍스트를 분석한 김영민 교수의 책 『우리가 간신히 희망할 수 있는 것』을 보면 공자가 중요시한 예(禮)가 무엇인지 드러난다. 그것은 선조의 예절을 그대로 답습하지 않고 적극적으로 재해석한 행동양식이다. 공자는 이렇게 말했다.

> 삼베 모자를 쓰는 것이 예이다. 그런데 지금은
> 실로 짠 것을 쓴다. 그것은 검소한 것이니 나는
> 다수 사람들을 따르겠다. 당 아래서 절하는 것이
> 예인데, 지금은 당 위에서 절한다. 이것은 교만
> 한 것이니, 다수 사람과 다르더라도 나는 당 아
> 래서 하는 것을 따르겠다.
>
> _김영민, 『우리가 간신히 희망할 수 있는 것』, 사회평론, 137쪽

예를 따르는 일에는 세 가지 잣대가 있다. 기존의 전통, 다수의 의견, 개인의 판단이다. 공자는 결국 가장 중요한 건 개인의 판단임을 강조했다. 관습이 어떠하든, 다수가 어떻게 생각하든, 합당한 근거가 있다면 얼마든지 바꿀 수 있다는 소리다. 고무신 대신 닦기가 지금 적절한 예절이 아니라면, 얼마든지 그만둘 수 있다.

가장 확실한 방법은 시어머니가 며느리에게 고무신 닦기를 시키지 않는 것이다. 그걸 했다고 칭찬하지도, 안 했다고 눈치를 주지도 않는 것이다. 하지만 평생 체화한 습관

이니 문제 자체를 인식하지 못할 확률이 더 높다. 그러니 우리에게 필요한 것은 '용기 있는 중간자'가 아닐까. 윗사람에게 고무신 닦는 법을 배워서 닦아왔지만, 아랫사람에게는 시키고 싶지 않은 중간자, 불필요한 예절을 자기 선에서 끊어버릴 수 있는 최전방의 사람들.

세대 갈등에서 중요한 것은 언제나 '낀 세대'의 역할이었다. 그들이야말로 철 지난 습관을 유연하게 떨쳐버리고 정말 필요한 것이 무엇인지 세대 간 대화를 주도할 수 있는 존재이기 때문이다. 그러니 90년대생이 이 시대 과차장님들에게 예의 있게 요청한다.

"선생님들의 힘이 중요합니다. 악습은 중산에서 끊어주세요!"

그러니 우리에게 필요한 것은
'용기 있는 중간자'가 아닐까.

윗사람에게 고무신 닦는 법을 배워서
닦아왔지만, 아랫사람에게는
시키고 싶지 않은 중간자,
불필요한 예절을 자기 선에서
끊어버릴 수 있는 최전방의 사람들.

〈자기 고무신은 자기가 닦아서 뭐지〉

　　해외여행을 할 때 종종 한국인을 만나면, 먼저 학생인
지 직장인인지 묻고, 서로 나이를 확인한다. 보통은 이런
식으로 흘러간다. 나이가 많은 사람이 보통 반말을 제안한
다. 그리고 성별과 나이에 따라 '언니', '오빠', '형', '누나' 등
한국식 호칭을 정한다. 동갑인 경우에는 초면인데도 바로
말을 놓는다.

　　하지만 나는 이런 식의 빠른 서열 정리가 불편하다. 평
생 사람과의 관계에 있어 일정한 시간과 복잡한 사건 속에

서 차근차근 친밀도를 쌓아왔는데, 여행이라고 해서 굳이 급속도로 친해질 필요가 있을까? '적당한 거리감을 가진 낯선 여행자'라는 여행지에서만 맺을 수 있는 특수한 관계를 즐기는 것은 어떨까? 천천히 대화를 나누다가 나와 잘 맞는 사람에게 조금씩 마음을 열어가는 게 일반적인 관계의 패턴이 아닌가!

여행지에서의 첫 만남에 나이부터 확인하는 것이 나에게는 서로 친해져가는 여러 단계를 건너뛴 것처럼 느껴진다. '우리의 위계를 확인하고, 그에 맞는 대화방식을 정해보자'라는 식의 암묵적 합의처럼 느껴진달까. 물론 이건 여행지에만 국한된 얘기가 아니다. 언어의 수직적 편차, 즉 한 사람만 말을 놓는 관계에는 일방적인 권력이 작용하기 쉽다.

언젠가 특별한 파티에 간 적이 있다. 스물아홉 살 동갑내기 친구가 기획한 '마이프(마지막 이십대 기념 프로젝트)' 파티는 스물아홉 살만 칼같이 잘라 예약을 받았다. 친구는 빠른 년생도 안 되고 공식적인 91년생만 받는다고 강조를 했다. 오로지 동갑들만 모인 파티라니!

그렇게 마이프 파티 당일, 크리스마스 분위기가 흘러넘치는 연말의 아늑한 공간에 들어서자마자 주최자는 '반모(반말 모드)'를 요구했다. 내 인생에 초면에 바로 말을 놓고 '친구야'라고 호칭하는 네트워크는 처음이었다. 처음에는 어색했지만, 친구가 기획한 다양한 프로그램과 한 다리 건너 안다는 최소한의 연결감, 무엇보다 동갑내기 친구라는 유대감으로 우리는 빠르게 친해질 수 있었다. 서로 나이와 위계를 탐색하는 단계가 생략되니 더 편하게 서로를 탐색할 수 있었달까.

그날의 기억은 즐거웠지만, 한편으로는 한국 사회의 연령주의 때문에 친해질 수 있었으나 위계가 생겨버린 수많은 관계의 총량을 따져보며 씁쓸한 마음이 들기도 했다. 존댓말의 구분이 없는 해외에선 '친구'가 될 가능성이 있는 사람들도 훨씬 많겠지? 이런 생각에 뭔가 손해보는 기분까지 들었다. 더 친해질 수 있었는데, '나이 때문에' 어색해진 관계를 나는 너무 많이 알고 있다.

존댓말-반말의 문화에서는 동갑을 제외한 모든 관계가 수직적이다. 장강명 작가는 반말은 쉽게 욕설이 될 수 있고 궁극적으로 개인의 존엄성을 훼손하고 모멸감을 안긴다고 하면서 "한쪽은 반말, 한쪽은 존댓말을 쓰는 상황을 몰아내자"고 주장했다. 반말은 욕설로 이어지기 쉽고, 혐오 표현으로 이어지기도 쉽다.

언어에는 권력 관계가 담기기 마련이다. 만약 당신이 꼰대가 되지 않기 위해 자기검열을 하는 사람이라면, '나는 꼰대가 되지 말아야지'라는 추상적인 다짐보다 '처음 본 사람에게 반말하지 말자', '서로 동등한 언어 표현을 사용하자'와 같이 구체적으로 언어 가이드라인을 정하는 것이 더 효과적일 수도 있다.

그러니까 우리 한쪽만 반말하지 않기로 해요. 말 놓을 거면 둘 다 놓고, 아니면 둘 다 존대하자고요. 꼭 첫 만남부터 급속도로 친해질 필요는 없잖아요?

함부로 미안해하지 않기

　　직장 내 여성으로서 성차별을 받은 경험을 인스타그램 스토리의 '질문하기' 기능으로 물어본 적이 있다. 최근 가장 관심 있는 주제라 사례를 모아보고 글을 쓸 요량이었다. 공감이 가는 사례도 있었지만, 나의 짧은 직장 생활로는 상상하기 어려울 정도로 충격적인 사례도 몇 개 있었다. 먼 곳의 이야기가 아니라 나와 친밀한 사람들의 경험담이라는 것이 더 가슴 아프게 다가왔다. 하지만 그중에서 가장 난감했던 것은 어떤 남성이 보낸 응답이었다.

"남자가 받는 성차별 – 바지 헐렁한 거 입고 갔더니 엉덩이 안 보인다고 꽉 끼는 거 입고 오라는 30대 여자 과장들"

순간 화가 치밀어 올랐다. 그 남자의 응답에서 '남자도 못지않게 차별당한다!'라는 피해의식과 반발감이 느껴졌다. 나는 "직장 내에서 여성이기에 받을 수 있는 모든 차별에 대해, 즉 외모 평가, 결혼이나 육아로 인한 차별 대우, 유리천장, 술자리에서의 성희롱, 성폭력 피해자에 대한 조롱, 여성들에게만 강요되는 외모 치장 등에 대해 알려달라"고 매우 구체적으로 질문을 던졌음에도 불구하고 '남자의 사례'를 내게 보내준 그 사람이 이해되지 않았다. 게다가 그분의 피드에서 꽤나 여성혐오적인 글을 봐왔기 때문에 더 화가 났다.

나는 그 응답에 답변하는 것을 잠시 미뤄두고 샤워를 했다. 지금 이 상태에서 바로 응답하면 감정이 섞인 글을 쓸 것 같았다. 어떻게 답장을 해야 할까? '본인의 경험을 공유해주셔서 감사합니다. 힘드셨겠군요?' 하지만 나는 그 사람에게 감사하지도 않고 미안하지도 않았다. 그런 이야기를 꺼낸 그 사람의 무지에 화가 날 뿐이었다. 자신의 차별 경험을 공유해준 여성분들에게도 아직 하지 않은 인사를 그 사람에게 하고 싶은 생각은 더욱이 없었다. 대신 내가 느끼는 불편함을 전달하는 게 더 낫다고 생각했다. 생각나는 문장이 있었다.

> 의견과 생각이 다른 사람들과 이야기를 할 때 두 가지 길이 있습니다. 의가 상할 때까지 싸우고 자리를 박차고 나오거나, 의가 상할까 봐 내가 입을 다물고 아무 말도 하지 않거나 둘 중의 하나죠. 둘 다 어려운 일입니다. 그래서 제가 권해 드리는 것은 의가 상하지 않기 위해 침묵은 하더라도 마지막 한마디는 하자는 거죠. "나는 너의 의견에 동의하지 않는다."는 말.
>
> _ 한채윤 외 6인, 『지금 여기의 페미니즘×민주주의』, 교유서가, 133~134쪽

샤워를 끝낸 후, 그에게 답장을 보냈다.

"여성이 직장인으로서 받는 성차별에 대해 질문했는

데 이런 답변을 주시는 것은 아마도 '남자도 이렇게 차별받는다'라는 의도가 담긴 것으로 이해되는데요. 그런 외모 지적과 평가, 성희롱, 꾸밈 노동에 대한 강요는 여성들에게 더 만연한 것이 사회적인 현실입니다. 그래서 저 역시 '여성'들의 이야기를 수집하고자 질문드린 거고요. 질문의 요지를 이해하지 못하신 것 같습니다."

　아닌 건 아니라고, 내 생각을 말한 것만으로도 후련해졌다. 함부로 미안해하거나 감사해하는 것은 의미 전달을 방해할 뿐이다. "유감이네요" 혹은 "답변해주셔서 감사합니다"라는 미사여구 없이, '너의 의견에 동의하지 않는다'고 말하는 게 때로는 더 중요하다. 불필요한 예의가 메시지의 전달을 방해하기도 하니까. 게다가 나는 멍청한 말에 미안해할 정도로 시간이 많지 않다.

아닌 건 아니라고, 내 생각을 말한
것만으로도 후련해졌다.

함부로 미안해하거나 감사해하는
것은 내 의미 전달을 방해할 뿐이다.
"유감이네요" 혹은 "답변해주셔서
감사합니다"라는 미사여구 없이,
'너의 의견에 동의하지 않는다'고
말하는 게 때로는 더 중요하다.

칼럼에 왜 증명사진이
들어가나요?

　매일 네이버 뉴스의 오피니언 분류로 접속해 오늘의 칼럼들을 읽는다. 모든 칼럼이 좋은 건 아니다. '이런 칼럼도 올라오나?' 싶은 것도 있다. 예컨대 요즘 처음 들은 단어라며 '소확행'과 '욜로(YOLO)'를 설명하고 있는 칼럼을 볼 때가 그렇다. 신문에 정기적으로 글을 연재하는 직업 칼럼니스트치고는 트렌드에 너무 무지한 것이 아닐까?

　그런 칼럼을 볼 때면 김난도 교수의 『트렌드 코리아』 시리즈라도 읽어보라고 쥐여주고 싶다. 하지만 트렌드에 무지한 것보다 어이없는 건 "어느 화려했던 골드 미스의 최후"라던가, "저출산 시대, 아이들은 축복이다" 같은 시대에 뒤처진 사고를 당연한 말인 양 써놓은 글을 볼 때다. 과감하게 일반화하자면 이런 글의 8할에는 중년 남성의 당당한 증명사진이 첨부되어 있다.

칼럼에 증명사진을 넣는 이유가 궁금해진다. 왜 굳이 칼럼니스트의 얼굴을 보여주는 걸까? 진짜 유명한 사람이 아니고서야 얼굴만 보고 사람들이 칼럼니스트를 알아보는 경우는 드물다. 오히려 얼굴에서 드러나는 기본 신상 때문에 나처럼 고정관념을 가지고 글을 읽을 가능성이 높다. 게다가 얼굴의 전시는 익명의 악플러에게 혐오 표현의 대상이 되기도 쉽다. 지긋한 연세의 남성으로 보이는 논설위원에게 "나이 드시고 연금 받아 사시니 현실을 모르시나 본데요", 여성 칼럼니스트의 글에 "메갈이 어디서 이런 소리를 하느냐" 식의 댓글이 달리기도 하는데 모두 얼굴이 보이기 때문에 달 수 있는 댓글이다.

칼럼니스트의 얼굴을 보여주는 이유를 잘은 모르겠지만, 적어도 칼럼을 읽는 입장에서 나는 사진을 '글을 거르는 용도'로 사용한다. 등장한 지 이미 한참 지난 트렌드를 제자를 통해 지금에야 접한 사람, 흔하고 당연한 말을 사자성어와 현학적인 말을 사용해 굳이 반복하는 사람들은 대부분 사회의 기득권인 '서울에 사는 / 전문직에 종사하는 / 중년의 / 남성들'이다. (이 분류에 속하는 모두가 그렇다는 건 아니다. 당연히 참신하고 지성 넘치는 글을 쓰는 중년 남성들도 많다.) 그래서 나는 386세대 남성들의 사진으로 가득 찬 칼럼들 사이에서 눈에 띄는 몽타주의 글을 주로 클릭한다. 여성이거나, 청년이거나, 혹은 외국인이거나. 내가 칼럼을 읽는 이유는 내가 모르는 다양한 시각과 사유를 접하고 싶어서이지, 당연한 말을 현학적으로 풀어놓은 글을 보기 위해서가 아니다. 그런 글은 지면 낭비요, 데이터 낭비요, 그걸 읽는 내 시간 낭비다.

좋은 칼럼은 단 한 편이어도 그것을 읽기 전후의 나를 바꾼다. 그럼 어떤 칼럼이 좋은 칼럼일까. '칼럼계의 아이돌'이라 불리는 김영민 교수의 「칼럼을 위한 칼럼」에서 그 힌트를 얻는다. 기고된 신문사의 의견을 강화하기에 그치는 '정략적 로비를 위해 쓰는 글', '아무 생각 없이 무의식의 흐름 기법으로 쓰는 글', '비문으로 가득 찬 글'은 나쁜 칼럼이다. 그럼 좋은 칼럼이란? '편하고 상상할 수 있는 내용만 쓰지 않고 칼럼을 읽고 독자가 조금이라도 변하기를 바라는 칼럼'이자 이를 위해 '상상 밖의 내용, 거슬리는 내용도 담을 수 있는 글'이고, '맹목적 정보 전달 이상의 내러티브를 갖는 글'이다.

> 좋은 산문은 유리창과 같다. 나는 내가 글을 쓰는 동기들 중에 어떤 게 가장 강한 것이라고 확실히 말할 수 없다. 하지만 어떤 게 가장 따를 만한 것인지는 안다. 내 작업들을 돌이켜보건대 내가 맥없는 책들을 쓰고, 현란한 구절이나 의미 없는 문장이나 장식적인 형용사나 허튼소리에 현혹되었을 때는 어김없이 '정치적' 목적이 결여되어 있던 때였다.
>
> _ 조지 오웰, 『나는 왜 쓰는가』, 한겨레출판, 300쪽

칼럼이란 정치적 글쓰기다. 조지 오웰은 글을 쓰는 네 가지 동기를 말했다. 자신을 돋보이게 하려는 욕망, 미학적

열정, 역사에 무엇인가 남기려는 의지, 정치적 목적. 이 중에서 정치적 목적은 세상을 특정 방향으로 밀고 가려는, 어떤 사회를 지향하며 분투해야 하는지에 대한 남들의 생각을 바꾸려는 욕구를 말한다. 그러나 단순히 정치적 동기로는 부족하다. 미학적인 글만이 사람들에게 읽힌다. 정치적이지만 개인적인 경험과 개별성이 담긴 글, 당연한 전제를 뒤집는 낯선 시선을 가진 글, 그런 글이야말로 내가 읽고 싶은 칼럼이다.

그런데 또 다른 칼럼계의 아이돌인 여성학자 정희진은 자신이 글을 쓰는 이유는 조지 오웰의 네 가지 이유 모두 아니라고 말한다. 그가 말하는 '글을 쓰는 이유'는 다름 아닌 승부욕이다. 『나쁜 사람에게 지지 않으려고 쓴다』는 그의 책 제목처럼, 글쓰기는 사회적 약자가 기득권을 비판하고, 나보다 더 억울한 목소리를 듣고 연대하면서 세상을 배우고, 시대에 맞서 '품위 있게' 싸우는 최적의 방법이다.

아름다우면서 정치적인 글은 기득권에게 보이지 않는 세상을 기꺼이 드러낼 수 있는 글이다. 그런 칼럼을 찾기 위해 나는 오늘도 스크롤을 내리며 증명사진을 거른다.

빌린 돈으로 여행을 떠난
대학생을 위하여

얼마 전 커뮤니티에서 본 기사 하나가 있다. 제목은
「가난한 대학생 도우려 만든 생활비 대출받아… 여행 가는
휴학생들」이었다.* 의도적인 제목이라고 생각했는데, 내용
역시 전형적이었다. 생활비 대출 제도는 돈이 없는 대학생
들에게 교통비, 밥값, 책값으로 쓰라고 도입된 제도인데 요
즘 대학생들은 생활비를 대출받아 해외여행을 갔다 오며,

✿ 조선일보 「가난한 대학생 도우려 만든 생활비 대출받아… 여행 가는 휴
학생들」, 2018.09.17

가상화폐에 투자하고, 유흥비로 탕진한다는 내용이었다. 이는 부정 대출을 받기 쉽고 감시가 허술한 탓이며, 소득과 관계없이 대학생이면 누구든 나랏돈으로 생활비 대출을 받게 한 것은 청년 표를 의식한 포퓰리즘이라는 대목도 있었다. 대상을 저소득층으로 한정해야 한다는 전문가의 말까지, 완벽한 한 편의 시나리오였다.

'해외여행, 가상화폐, 유흥비, 나랏돈, 포퓰리즘, 저소득층 한정…'. 문장 하나하나에서 언론에서 흔히 보던, 사람들의 분노를 이용해 뭔가 불순한 것을 이뤄보려는 의도를 느낄 수 있었다. 댓글 반응도 예상과 다르지 않았다.

"경제관념이 없고 멍청하다, 빚 무서운 줄 모른다", "여행 가고 싶으면 알바를 해서 가야지 나랏돈으로 여행 가는 게 한심하다", "대출을 받아서 가야 될 여행이면 시작을 하지 말아야지, 필수도 아닌데 돈도 없으면서 가는 건 좀 아니다", "덕질이나 성형하는 데 생활비 대출을 사용하던데 복지 악용이다" 등등….

나도 대학생 시절에 생활비 대출을 자주 받는 편이었다. 총 학자금 대출액 2천만 원 중, 절반 이상이 생활비 대출이었다. 등록금은 지원하는 곳도 있고, 국가장학금의 비율도 높아지고 있어 대출 비중이 점차 줄었지만, 생활비는 졸업하기 전까지 계속해서 신청했다. 아르바이트를 안 한 것도 아니었다. 매년 과외 중개 사이트에 몇만 원씩 납부하며 학부모들의 전화번호를 열람해 과외를 얻고 대치동에서는 학원 알바를 했다. 그래도 하숙비, 통신비, 생활비, 책값, 밥값, 교통비를 다 충족하긴 어려웠다.

부모님에게 손을 벌리지 않는다는 다짐은 가끔씩 무너졌다. 가끔 돈이 정말 없을 때는 핸드폰 소액결제로 월말을 버티는 경우도 흔했다. 소액결제나 티머니로 먹을 수 있는 건 편의점 도시락이나 빵 같은 주전부리밖에는 없었지만, 생활비 대출은 그런 빠듯한 생활에 확실한 여유가 되었다.

내가 생활비 대출을 사용한 가장 큰 이유는, 수중에 돈이 있다는 기분을 느껴보고 싶었기 때문이었다. 언제 하숙비가, 통신비가, 책값이, 밥값이, 동아리 회비가, 스터디방 비용이 나갈지 몰랐다. 나는 초조하게 통장 잔고를 매번 확인하는 대신, '두둑함'이 주는 여유로움을 느껴보고 싶었다.

한국장학재단 사이트에서 정의한 생활비란 "학생의

생활 안정을 위한 비용으로서 숙식, 교재 구입, 교통비 등"
으로 명시되어 있다. 사실상 가난한 대학생 입장에서는 돈
이 들어오고 나가는 타이밍이 중요하지, 그런 분류가 중요
한 게 아니다. 돈 들어오는 타이밍에 따라 술값이 생활비고
책값이 사치가 됐다.

실제로 생활비 대출자의 대부분이 등록금을 대출한다.
즉, 경제적 부담이 비교적 큰 학생들이 생활비 대출 제도를
이용한다. 이런 상황에서 일부러 가상화폐나 유흥비를 언
급하며 비난 분위기를 조성하고 생활비 대출의 지원 대상
을 좁히려는 기사는 세수 부족을 부자증세가 아닌, 얼마 없
는 복지제도를 공격해서 메꾸려는 의도를 여실히 보여준다.

무상으로 주는 돈도 아니고 어차피 내가 갚아야 할 돈
인데, 타인이 '경제 능력'이나 '한심함'을 운운하는 것은 왜
일까? 대학생들의 과도한 생활비 대출로 국가경제에 타격
이 있기라도 했을까? 미국의 경우 학자금 대출 연체자가
늘어 사회적 비용이 발생했다는 연구가 있으나, 이는 미국
이 학자금 대출에 등록금뿐만 아니라 주거비, 교통비 등 생
활비까지 포괄하는 총금액을 제공하여 생활 안정에 기여
했기 때문이라는 연구결과가 있다. 대학생의 생활 안정과

상환 부담에 대한 충분한 고려가 없는 한국 사회에서, 생활비 대출을 받는 대학생을 무작정 비난하는 데는 악의적인 의도가 엿보인다.

철학자 고병권은 책 『묵묵』에서 가난한 자에게 책임을 지게 하는 현상을 설명하기 위해 이탈리아의 철학자 마우리치오 라자라토의 『부채인간』를 가져온다. 자유주의가 본격화되면서 '사회적 권리'를 '사회적 부채'로 전환하는 일이 발생했으며, 구성원의 당연한 권리마저 공동의 파이에 대한 손실로 취급하고 수혜자들을 채무자로 여긴다는 것이다.

기초생활수급권이나 장애인 연금, 생활비 대출이 대표적이다. '가난한 네가 감히 분수에 맞지 않게 여행을 간다'의 기저엔 채무자에겐 여행 갈 권리가 없다는, 그들은 감히 책값이나 숙식비 이상으로 돈을 써서는 안 된다는 압박이 깔려 있다. 그러나 돈을 빌리고 잘 갚는다면, 대출받은 생활비를 감시할 권리는 누구에게도 없다.

나의 대학 시절에 있어 가장 아쉬운 점은 교환학생이나 해외여행 경험을 해보지 못한 것이었다. 나는 감히 그때 가난한 내 상황에서 여행 가는 것을 상상하지 못했다. 그건 내 삶의 옵션에서 완전히 배제된 선택지였다. 그래서 나는 지금 대학생들이 생활비 대출을 받아 해외여행을 고민하는 것이 좋다. '필수도 아닌데 돈도 없으면서 굳이' 여행을 가고 싶어 하는 마음들이 기쁘다.

『묵묵』에서 고병권은 이렇게 말한다. "나는 기초생활수급권자인 주제에 감히 해외여행을 두 번 씩이나 다녀온 사람을 존경한다." 나도 똑같이 말하고 싶다. 나는 감히 빌린 돈으로 해외여행을 간 대학생을 존경한다.

흙수저 고백을 강요하는 사회

2019년에 출간한 나의 책 『공채형 인간』에 대한 비난 글을 트위터에서 본 적이 있다. 고작 3년 일하고 퇴사한 사람이 회사에 대해 얼마나 안다고 책을 쓰며, 1년간 세계여행을 간다고 하는 걸 보니 있는 집 자식이 분명하다는 조롱의 트윗이었다. 처음에는 어이가 없다가, 보면 볼수록 재밌어서 아는 사람들에게 캡처본을 보내주고 다녔다. 책은 팔리지 않고 있었지만 잠시 셀러브리티가 된 것 같은 기분을 느낄 수 있었다.

이런 반응에 대한 적절한 피드백을 알고 있다. '흙수저 고백'이다. 퇴사하고 해외여행을 가거나, 창업을 하거나, 하다못해 유튜브에 명품 하울(haul, 구매 후기)을 올리는 사람들까지 모두 끊임없이 본인의 형편을 축소해 말하지 않던가. 본인의 학자금 상환기, 마이너스 통장, 월세방 평수 고백이 줄줄이 이어진다. 사람들은 그들이 증명한 가난을 들으며 "가난하지만 용기 있는 선택을 한 이 시대의 청년"이라는 새로운 타이틀을 부여한다. 듣고 보니 당신은 '누릴 자격'이 있으시군요!라는 의미일 테다.

자격을 부여하는 주체에게도, 자격을 얻은 대상에게도 (도대체 그 자격이라는 게 뭔지도 모호하지만) 이런 흙수저 고백은 일반적인 것이 되었다. 이런 고백은 대중의 지탄으로부터 면죄부를 가져다준다. 타당하게 가난을 증명하고 고통스러운 과정을 드러내야지만 발언권을 얻는다. 그렇게 하지 않으면 보는 사람이 눈꼴시어하기 때문이다.

다행히 나는 그런 점에서는 증명할 것이 차고 넘치는 가난의 부자다. 가난하지만 주제넘게 사치했다는 말을 듣지 않을 정도로 '적당히' 가난하다. 평생 내가 가진 불행과 편견을 적절하게 이용해 값싼 동정표를 얻어왔기에 이 분야라면 자신 있다. 하지만 이번에는 그러기가 싫다. 사람들이 나를 있는 집 자식이라고 판단하고 욕할 때마다 "아니에요. 사실 저 되게 가난해요!"라고 구구절절하게 설명해야하는 삶은 조금 슬프지 않은가. 무엇보다 우아하지 않다.

퇴사하고 긴 여행을 갔다고 하면 가난한 사람들은 못하는 선택이라며 욕한다. 그런데 가난한 자가 해외여행을 가면 세금으로 주제넘게 사치한다고 욕한다. 이렇게 빈자들에 대한 마녀사냥과 흙수저 고백이 반복되는 사이, 부자들은 어디로 갔을까? 빈자와 부자가 누려야 할 것이 나뉘어 있다는 시선, 가난에 걸맞은 태도를 보여야 한다는 시각이야말로 가난한 자들의 기본권을 좁힌다. 둘 다 똑같은 것을 누릴 권리가 있다.

> 그가 그 '최소한의 생활'을 위해 준 돈을 밥 먹는 데만 쓰든, 책을 사보든, 여행을 하든, 자기의 인간다운 삶을 어떻게 규정할지는 그 권리자가 정할 문제라는 말이다. 밥 먹지 않는 곳에 쓰면 '어, 먹고살 만한가 보지?'라고 보는 것이야말로 '먹

는 동물'로서만 인간의 삶을 이해하는 태도일 것이다.

_ 고병권, 『묵묵』, 돌베게, 72쪽

당연히 돈이 많으면 풍요로운 삶을 살 확률이 높다. 하지만 제한된 형편 안에서도 사람들은 각자의 우아함을 누리기 위해 고군분투한다. 우리는 버거운 일상에서 나름 투쟁하며 어떤 것은 포기하지만, 포기할 수 없는 각자의 아름다움만은 기필코 쟁취해낸다. 빚이 많아도 1년씩 해외를 떠돌며 갭이어를 가질 수 있다. 그건 그 사람이 그러고 싶다고 생각했기 때문이다.

우리는 그저 삶의 우선순위가 다를 뿐이다. 가난한 사람이 갖춰야 할 자세가 있다는 편견이 슬픈 건 단순히 그의 좁은 식견 때문만은 아니다. "있는 집 자식이나 세계 여행을 갈 수 있다"는 사고는 본인의 삶도 그런 방식으로 좁게 만든다는 점에서 슬프다.

내가 겪어보지 않은 삶의 사례를 특수한 개천의 용 사례로 간주하지 말고, 나도 저럴 수 있겠다는 용기를 주는 케이스 스터디의 하나로 여기는 게 좋지 않을까? 가난의

랭킹을 매기지 않고도, 대부분의 사람이 원할 때 해외여행을 갈 수 있는 수준의 최저임금이 보장되는 사회에 관해 이야기하는 것이 낫지 않을까?

　나는 나의 가난을 내가 원할 때 말하고 싶다. 욕먹지 않기 위해, 무언가를 얻기 위한 수단으로써 가난하다는 사실을 구구절절하게 증명해야 한다면 그것은 꽤나 슬픈 일이다. 학자금을 간신히 갚고, 모은 돈도 없이 무모하게 여행을 떠났지만 이런 흙수저 고백을 통해 "그럼에도 불구하고 용기 있게 퇴사하고 갭이어를 가진 사람"이라는 꼬리표를 얻는 것은 더더욱 싫다. 나는 어쩌다 가난할 뿐이지 가난함이 나의 전부를 설명할 수는 없다. 나는 우아하게 가난하고 싶다.

빈자와 부자가 누려야 할 것이
나뉘어 있다는 시선, 가난에 걸맞은
태도를 보여야 한다는 시각이야말로
가난한 자들의 기본권을 좁힌다.

둘 다 똑같은 것을 누릴 권리가 있다.

소변 연대에게 하고 싶은 말

스터디원들과의 회식 자리에서 충격적인 이야기를 들었다. 우리가 같이 다닌 언론 아카데미의 교수님에 대한 일화였다. 교수님은 유명 신문사에서 오랜 기자 생활을 거치고 이제는 후배를 양성하는 데 집중하고 있는 분이었다.

몇 달 전 회식을 했을 때다. 와글와글한 술집은 열 명이 넘는 학생들로 가득했다. 교수님은 언제나처럼 거나하게 취한 상태로 학생들에게 술을 권했다. 그러다가 홀연히 사라질 기미로 식당을 나서길래, 스터디원은 교수님이 도망치는 줄 알고 잡으려 따라 나갔다고 한다. 그러자 교수님은 그냥 소변이 마려워서 나온 것뿐이라며, 그 남자 스터디원에게 망을 보라고 시키고 트럭 뒤에서 노상 방뇨를 했단다. 공용 화장실이 불과 몇 발자국 떨어져 있을 뿐이었는데도.

이 말을 전한 스터디원은 본인도 교수님에 대해 크게 실망했지만, 수업 일정이 끝나기 전까지 일부러 학생들에게 얘기하지 않았다고 토로했다. 교수님의 위신이 떨어지면 수업에 집중할 수 있겠냐면서. 과연 그랬다. 이런 사람이 민주주의니 시민이니 정의니 진보니 했다는 걸 믿기 어려웠다. 다소 호불호가 있을지언정, 교수님은 시시비비를 가리고 논리적인 방향성을 제시해주는, 우리가 가장 가까이서 본 언론인이었다. 말과 행동이 다른 교수님의 모습에 쓸쓸함이 들었다. 이 사람마저 이래 버리면, 다른 사람은 도대체 어떻다는 거지?

회식이 끝나고 돌아오는 광역버스에서도 비슷한 사건이 있었다. 강남에서 타면 하차 없이 한 시간은 쭉 가는 버스다. 한 40분쯤 달렸을까, 50대 중년 정도로 보이는 술 취한 남성이 다급한 목소리로 뒷자리에서 걸어 나왔다. 기사에게 소변이 마려워서 내려야 할 것 같다면서 버스를 세워 달라고 요청했다. 나도 광역버스에서 소변을 참다가 혀를 깨물 뻔한 기억이 있기에 애잔한 마음으로 그 중년 남성의 목소리를 듣고 있었다.

"근처에서 내려드릴게요."

기사는 웃는 목소리로 흔쾌히 허락했다.

"감사합니다. 이제 내려서 택시 타고 가야죠."

"무슨 택시예요. 기다려드릴 테니까, 볼일 보고 오세요."

"아휴 그거는 민폐죠, 민폐."

"제가 기다리면 그만이죠. 뭘 택시를 타고 갑니까. 어서 볼일 보고 오세요."

그렇게 광역버스에 탄 약 스무 명의 승객은 밤 10시경에 수풀 속에서 노상 방뇨를 하는 50대 남성을 기다렸다. 그 남자를 기다리는 버스 안은 조용했고, 내 머릿속은 번잡해졌다. 이게 이래도 되는 일인가. 아무리 생리적인 현상이라고 해도 나머지 승객들의 양해도 구하지 않은 채 노상 방뇨를 허용하고, 그 행동을 위해 다수가 피해를 본다는 것이. 버스 안은 너무나 고요해서 그 남자의 노상 방뇨 소리를 들을 수 있을 것 같은 착각까지 들었다.

두 사건 모두 민망하고 염치없고 비상식적인 일도 같이 넘어가줄 수 있는 친구들끼리의 에피소드가 아니다. 하나는 나이 지긋한 스승과 취업 준비 중인 제자 사이고, 하나는 버스에서 처음 만나는 초면의 관계다. 사회화가 된 사람이라면 최소한의 상식과 거리감, 존중을 유지해야 하는 사이 아닌가. 스승과 제자 사이에는 위계가 있기에 더 악질이다. 그 스터디원에게는 선생님이 오줌 싸는 걸 망보는 것을 거절할 권리도 없었다.

중년 남성들에게 질문하고 싶어졌다. 그들에게 길거리 아무 데나 소변을 보는 일 정도는 이해 가능한 범주인 건지. 도저히 이해할 수 없는 나는 이들을 '소변 연대'라고 부르기로 했다. '연대'란 이른바 '어떠한 행위에 있어서 두 사람 이상이 공동으로 책임을 지는 것'을 의미한다. 노상 방뇨라는 행위를 서로 묵인하고, 용인하고, 이해하고, 지지하는 것. 비상식적인 행위를 '본능을 참지 못하는 남성'이란 핑계를 대고 그들끼리 서로 이해하는 것. 유아적이고 덜 사회화된 자신들의 행위를 그들 스스로가 너무 쉽게 용서하는 것. 이건 비단 '노상 방뇨'만의 문제는 아니다. 그간 지나친 수많은 남성 연대들이 떠오른다.

'소변 연대'가 더 무서운 점은 그들 스스로가 자신을 너무 쉽게 이해하고 용서할 때, 보이지 않는 존재가 돼버리는 사람들이 있다는 점이다. 웃으며 "남자가 그럴 수도 있지" 하고 넘어갈 때, 눈 뜨고 코 베인 상태로 기다려야 하는 나 같은 여성 승객은 버스 안에서 무존재가 되어버렸다. 네가 거기 있었어? 너의 의사나 호오(好惡), 기분은 전혀 문제가 되지 않는다는 듯이. 존재 자체도 몰랐다는 듯이.

갑자기 싸해지던 밤 10시의 M 광역버스를 떠올린다. 남자 승객은 돌아와서 "미안합니다, 여러분~"을 반복하더니 젊은 여성 옆자리에 앉아 술 취한 채로 말을 걸었다. 버스 안에 있던 여자들은 다 같은 생각을 했을 것이다. 당연히 손은 씻지 않았겠지. 저 여자분은 얼마나 싫을까….

'안티-소변 연대'의 회원으로 하고 싶은 말이 있다. 여자도 오줌 참기 죽을 만큼 힘들다. 그래도 아무 데나 싸지 않는다. 우린 사람이니까.

헤드폰을 끼고 여행하는 이유

　나는 소음에 예민한 편이다. 공식적인 모든 시험(수능, 토익 등)을 치를 때도 항상 귀마개를 꼈다. 조용한 정도가 아니라 세상과 차단되었다는 적막한 느낌의 상황에서 집중력이 발휘되는 타입이다. 그러다 노이즈 캔슬링 헤드폰의 존재를 알게 되었다. 헤드폰의 진가는 여행 중에 발휘됐다.

　우선 비행부터가 달랐다. 기존에 들리던 소음이 100이라면, 이제 30 정도만 들리는 것 같은 기분이었다. 비행기

이착륙 같은 거대한 노이즈도 걸러주니, 일반적인 말소리는 거의 완벽하게 차단된다.

여행하는 내내 이 헤드폰을 아주 요긴하게 사용했다. 긴 비행이나 야간 버스를 탈 때, 숙소 방음벽이 약해 옆 방의 말소리까지 들릴 때. 내가 묵었던 숙소의 대부분은 오래된 빌딩의 에어비앤비였다. 공사라도 하는 날에는 노이즈 캔슬링의 힘을 빌려 숙면을 취하는 경우가 많았다. 나는 긴 여행 기간 중 대부분의 시간을 로컬 카페에서 작업했는데, 이때도 헤드폰만 끼면 빠르게 집중 모드로 전환할 수 있었다.

대신 이동 중에는 헤드폰을 사용하지 않았다. 길거리에서 소리가 너무 차단되면 위험한 상황에 처할 수 있기 때문이다. 하지만 조금 익숙해진 도시의 길에서는 가끔 헤드폰을 끼고 음악을 들으면서 산책하기를 즐겼다. 아무 소음도 없이 음악을 들으며 낯선 도시를 걸으면, 이건 오롯한 나만의 여행이라는 생각이 들었다. 리베카 솔닛의 책에서 발견한 표현을 빌리자면, "거리를 파괴하는 산책자"가 되는 느낌이었다.

하지만 내가 이토록 찬양하는 헤드폰을 끼고 여행하는

모습에 대해 좋지 않은 이야기를 들은 적이 있다. 스페인을 여행할 때였다. 한인 민박에 도착해서 체크인을 하면서 책상에 헤드폰을 올려두었었다. 내 헤드폰에 관심을 보이던 사장님은 이리저리 만지더니 이렇게 말했다.

"여행지에서 헤드폰 끼고 다니는 것만큼 바보 같은 게 없지."

뭐라고 대꾸하고 싶었지만, "제가 소음에 예민해서요"라거나 "늘 헤드폰을 끼고 여행하는 건 아니에요" 같은 말을 하지는 않았다.

확실히 여행지에서만 들을 수 있는 소리들이 있다. 우연히 들어간 대성당에서 오래된 건물 냄새를 흠뻑 맡으며 성가대의 노래를 들었을 때의 벅참은 여행자가 마주하는 공감각적인 경험이다.

세상의 끝이라는 호카곶에서는 절벽에 철썩철썩 부딪히는 파도 소리를 들으며 한참을 서 있기도 했고, 때로는 그저 벤치에 앉아 사람들의 웃음소리나 바람 소리, 낙엽이 굴러다니는 소리를 들었다. 수없이 멈춰 서서 구경했던 길거리의 버스킹은 또 어떤지. 그래서 어떤 여행은 소리로 기억하기도 한다. 이런 모든 소리를 헤드폰을 끼고 차단한다면 민박집 사장님의 말처럼 정말 바보 같은 일이 아닐 수 없을 것이다.

하지만 당시 사장님의 말이 불편했던 이유는 각자의 방식으로 여행하는 사람들의 다양한 취향을 무시하는 것처럼 들렸기 때문이다. 감상에 빠질 순간과 혼자 나에게 집중할 시간을 구분하는 방법은 여행자마다 다 다른 법인데 쉽게 타인의 여행을 본인 기준으로 재단하는 발언이라는 생각이 들었다.

생각해보면 소음이라는 단어 자체가 주관적이다. '불규칙하게 뒤섞여 불쾌하고 시끄러운 소리'가 소음이라지만, 무엇을 불쾌하고 시끄럽게 느끼는지는 사람마다 다를 수 있다. 누군가는 카페에서 큰 소리로 에스프레소를 추출하는 기계 소리를 소음이라고 생각할 수 있지만, 누군가에겐 아니다. 나처럼 소음에 예민한 사람이라고 해서 매번 헤드폰을 끼고 있는 것도 아니다. 우리는 음악을 듣거나, 적막에 빠지거나, 현지의 소리를 만끽하는 순간을 넘나들며 자신만의 플레이리스트를 만든다.

가끔은 현지의 소리보다, 이 순간에 딱 맞는 하나의 노래가 절실할 때가 있다. 적절한 순간에 맞이한 음악 혹은 적막은 여행지의 감상을 배가시킨다. 장소와 상황에 따라 걸맞은 소음과 소리를 고르는 것은 여행자의 몫이다. 언제 듣고, 언제 안 들을지는 내가 선택하면 그만이다.

노이즈 캔슬링 기술은 꽤 까다롭다. 노이즈를 완전히 삭제하는 건 불가능하기 때문에, 노이즈와 동일한 반대 신호(보정 신호)를 생성하여 불필요한 소음을 줄인다. 요컨대 노이즈를 없애는 것이 아니라, 노이즈를 더함으로써 음악에만 집중할 수 있게 하는 것이다. 그때 그 사장님을 다시 본다면 말하고 싶다. 타인의 방식을 없애거나 무시하기보단, 그저 '저런 방식도 있구나' 하고 당신의 상상력을 더해 보는 건 어떻겠냐고. 그게 우리 삶에 풍부한 사운드를 만드는 비결일 테니.

I hate

2장

정의로운
예민함이
필요한 순간

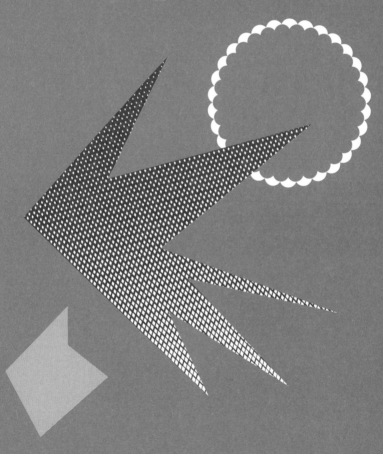

처음 썼던 분노의 편지

내가 처음 특정인을 향한 구체적인 분노의 편지를 써야 겠다고 생각한 것은 고등학생 1학년 때였다. 그때는 17대 대통령 선거를 앞둔 어느 날 저녁이었다. 밥을 먹으며 이명 박을 뽑으려는 아빠를 말리려다가, 곧 울부짖으며 집안 물 건 다 날아가게 대판 싸우는 지경까지 이르렀다.

나의 아빠로 말할 것 같으면 국정 농단 사건으로 탄핵 을 당하기 바로 전까지도 박근혜의 달력을 안방 방문에 붙 여놓던 열혈 박사모로서, 어쩌면 혼자 태극기 집회에 갔을

실존주의자 선언

69

지도 모르는 분이다. 간신히 뺨만 안 맞았지 그날의 대화는 서로에게 처참함만 남겼다. 각자의 말이 창과 방패처럼 부딪히며 허공에 흩어졌지만, 그 와중에도 나를 제일 화나게 하는 아빠의 말은 이거였다.

"어린 게 정치에 대해 뭘 알아?"

본인도 이명박을 뽑는 타당한 이유라고는 하나도 들지 못하면서, 어리다는 이유로 내 말을 무시하는 게 화가 나서 방문을 잠그고 한참을 울었다. 분함을 진정시키고 나서는 나 또한 조리 있게 말하지 못했다는 후회가 들었고, 침착하게 부모를 논리적으로 설득해야겠다는 판단에 이르렀다. 물론 아빠를 설득하는 것은 불가능해 보였다. 나의 타깃은 엄마였다. 물론 당시 엄마도 박근혜를 부모 잃은 불쌍한 공주로 생각하고 매번 한나라당을 찍는 경북 안동 김씨 가문의 딸이었다. 그래도 이 집에 투표권이 있는 성인 두 명 중 약간의 가능성이 있는 한 명이라도 설득해야 했다. 그렇게 A4 용지 여덟 장이 넘어가는 글을 썼다. '이명박을 뽑으면 안 되는 이유'라는 제목으로.

근현대사까지 짚어가며 열심히 썼지만 결국 부모님은

모두 이명박을 뽑았다. 이후 나는 정치학과에 진학했고, 부모님과 정치적 사안에 대해서는 언제나 싸울 준비가 완료된 풀장전 상태로 집에 내려갔다. 적어도 정치를 공부한다는 자식에게 "니가 정치에 대해 뭘 알아!"라고는 하지 않을 것 같았다. 하지만 우리 가족은 이미 밥상머리에서 정치 이야기를 하면 안 된다는 것을 수많은 싸움으로 체화한 상태였기에, 더 이상 집 안에서 정치 이야기를 꺼내는 일은 없었다.

그러나 대학은 또 다른 분노의 시작이었다. 특히 나를 제일 화나게 하는 것은 대학교의 온라인 사이트였다. 자의식이 흘러넘치는 20대 남성들은 여성혐오를 기반으로 하는 글을 끊임없이 생산하고 있었다. 그곳에서 여성이란 언제나 대상화되는 존재에 불과했다. 그들은 더치페이와 김치녀를 들먹거리며 여성들을 욕하면서도, "인문대 ○○녀 남자 친구 있나요?"라는 질문을 올렸다.

나는 여성혐오 문화를 지적하는 글들을 작성했지만, 끝내 업로드하지는 못했다. 그땐 아직 페미니즘 담론이 인터넷상에서 활발히 진행되기 전이었고, 괜히 논란을 일으키는 사람이 되는 것이 무서웠다.

회사를 그만두고 해외여행을 하면서도 비슷한 일이 있었다. 한인 민박의 사장님과 친해져 저녁마다 술을 마시곤 했는데, 그 술자리에 자주 오는 A라는 사람이 있었다. 어느 날 저녁, A는 술자리에서 조선족과 난민, 이주민, 심지어 탈북인에 대한 혐오 발언을 하기 시작했다. 어쩌다가 대화의 주제가 그런 플로우로 흘러갔는지는 기억나지 않는다. 다만 "내가 실제로 경험해서 아는데 조선족은 다 똑같이 위험하다"라거나 "통일되면 북한 여자들이 문제가 될 것이다"와 같은 대사가 드문드문 기억난다. "내 세금으로 왜 그들을 도와야 하는지 모르겠다!"라는 전형적인 발언을 오프라인에서 듣는 것은 처음이라 충격이었다. 저런 이야기를 초면에 부끄러움도 모르고 던지는 사람이 있구나 싶었다.

하지만 난 그 자리에서 A의 말을 확실하게 반박하지 않았다. 잠깐 머물다 가는 관광객이 한인 커뮤니티의 술자리를 망치는 꼴이 될까 봐 조심스러웠고, 본인의 발언에 대한 극단적 신념이 엿보이는 A는 대화 가능한 상대로 보이지 않았다. 하지만 어떤 이유를 들어도 나의 비겁함을 설명할 수는 없다. 나는 그날 저녁, 단호하게 아니라고 반박하지 못하고, 잘못된 주장을 정정하지 않았던 나 자신에 대한 자괴감으로 늦게까지 잠들지 못했다. 대신 나만 볼 수 있는 공간에 글을 쓰고 화를 풀었다. 나의 메모장에는 이런 식으로 전하지 못한 편지와 대자보가 수두룩하게 쌓였다.

"똥이 더러워서 피하지 무서워서 피하냐"는 내가 자주 사용하는 변명이었다. 솔직히 말하자면 나는 조리 있게 말할 자신이 없어서, 똥이 무서워서 상황을 모면한 적이 많다. 내 20대는 잘못된 것을 알면서도 행동하지 않는 비겁한 자신에 대한 자괴감의 정서가 지배하고 있었다. 싸우지 못하고 소극적인 나의 비겁한 내면을 조금이라도 다스리기 위해 나는 혼자 글을 썼다.

내가 글을 쓰는 이유는 두 가지였다. 첫 번째는 내 안의 화를 잠재우기 위해서였다. 가슴속에 가득한 울분을 어떻게든 가라앉히지 않으면 안 될 것 같을 때, 메모장에 화를 털어놨다. 메모장엔 내가 어떤 발언에 화가 났는지, 그 발언의 잘못된 이유는 무엇인지 분노의 원인을 정리했다. 두 번째는 내 입장을 명확히 세우고 근거를 마련하기 위함이었다. 비록 그 사람과 대화할 타이밍은 놓쳤더라도, 당신의 발언에서 잘못된 점은 무엇이며 그것에 대한 나의 근거가 무엇인지 공부했다. 책도 읽고, 기사도 보고, 논문도 봤다. 그렇게 공부한 내용을 소화하고 정제된 나의 언어로 표현하는 것이 내 글쓰기였다.

　나의 글쓰기는 "난 네 말에 동의하지 않아"를 말하기 위한 혼자만의 소극적인 투쟁이었다. 종로에서 뺨 맞고 인스타나 브런치에 글 쓰는 식이기는 했지만, 어쨌든 글쓰기를 통해 개소리에 단호하게 대처하는 법과 나를 화나게 하는 것들에 일일이 감정을 소비하지 않는 법을 배워나갔다. 이렇게 내 주장과 근거를 정리하는 과정은 '내가 항상 비겁한 사람은 아닐지도 몰라' 하고 나를 위로해주기도 했다. 글을 한번 쓰고 충분히 소화한 주제에 대해서는, 현실에서도 자신 있게 내 의견을 주장할 수 있었다.

　내가 처음 분노에 차서 쓴 '이명박을 뽑으면 안 되는 이유'는 부모님의 신경을 긁을 수밖에 없는 글이었다. 비록 목적 달성에는 실패했지만, 안 쓰는 것보단 나았다. 내 입장이 틀리면 공부하면 되고, 결과가 효과적이지 않다면 다른 관점과 태도로 다시 쓰면 되니. 그렇게 내 글도, 나도 성장할 수 있다.

앞으로도 나는 더 나은 공동체를 그려나가기 위해 분노하고, 문제를 지적하고, 아닌 걸 아니라고 논리적으로 주장하는 글을 쓸 것이다. 이슈를 나누고 글을 쓰며 내 언어를 정리할 것이다. 어찌 됐든 우리에게 필요한 것은 대상과 방법을 가리지 않는 실험적인 글쓰기다. 그것은 내가 부모님을 향해 쓴 편지의 형식이 될 수도, 어쩌면 지라시나 대자보, 혹은 유서가 될지도 모르겠다.

나의 글쓰기는 "난 네 말에 동의하지
않아"를 말하기 위한 혼자만의
소극적인 투쟁이었다.

글쓰기를 통해 개소리에 단호하게
대처하는 법과 나를 화나게 하는
것들에 일일이 감정을 소비하지 않는
법을 배워나갔다.

상식이 없어도 되는 것도 특권입니다

　포르투갈 포르투에 한 달간 머물렀을 때, 에어비앤비 옆방에 한국인 남성이 일주일 묵었던 적이 있다. 난 그분에게 궁금한 것이 정말 많았다.

　그는 왜 고추장이 다 세척되지 않은 상태에서 설거지를 끝낼까? 왜 하수구에 라면 건더기가 잔뜩 걸려 있어도 치우지 않을까? 거름망을 빼서 쓰레기통에 털면 그만인데. 왜 욕조에 머리카락이 걸려 물이 잘 내려가지 않아도 치우지 않을까? 본인이 씻은 후 뒤돌아보지도 않고 나가는 걸까? 본인이 다시 사용할 때마다 깨끗한 것을 집주인이 치워주기 때문이라고 생각하는 건가? 집주인은 일주일에 두세 번밖에 오지 않는데….

문제는 내가 이걸 굳이 말하기도 애매해서 내 선에서 처리한다는 것이다. 저지른 사람이 알아서 치우도록 내버려두고 싶으나, 그 사람 다음에 내가 설거지를 하면서 같이 치우게 되는 식으로 저절로 우렁각시가 되어버린다. 내 건더기 걔 건더기 구분해서 내 것만 버릴 순 없으니까. 그렇다고 그 사람을 따로 발코니로 불러내서 한마디 할 만한 성격도 못 된다.

그런데 나는 그 사람 때문에 더 깔끔해진다. 혹시 나도 그 사람처럼 마땅히 해야 할 일을 안 하고 있지는 않나? 그래서 요리를 하거나 씻고 나서, 세탁기를 돌리거나 공용 공간을 사용하고 나서는 원래 했던 수준보다 한 번 더 둘러보고 체크한다. 내가 그 남자를 보고 생각하듯이 남들이 나를 바라보지 않기를 바라기 때문이다. 이런 식으로 '상식과 염치의 부익부 빈익빈'이 강화되는 걸까?

궁금했다. 그저 우리의 성격이 달라서 그런 걸까? 그

남자에 비해 내가 남의 시선을 훨씬 더 신경 쓰고 깔끔한 성격일 수도 있다. 그 남자는 '좋은 게 좋은 거지'라는 무심한 성격을 가진 사람일 수도 있다. 그러나 나는 그 사람이 그저 그렇게 살아도 무탈했던 것은 아닐까 생각한다. 무심한 성격이 아니라, 가사에 무심하게 살아도 상관없는 불공평한 삶의 조건 때문이지 않느냐는 말이다.

> 남자의 경우에 바닥의 청결도는 순전히 개인적인 편의와 실용성의 문제이다. 하지만 여자의 경우에는 남자와 미묘한 차이가 있다. 더러운 집을 보면 사람들은 남자가 아니라 여자를 탓한다. 여자들은 이런 사회적인 인식에 본능적으로 영향받을 수밖에 없다.
>
> _ 애너벨 크랩, 『아내 가뭄』, 동양북스, 213쪽

OECD가 발표한 자료에 의하면 노르웨이는 아내의 가사 노동 시간이 세 시간, 남편의 가사 노동 시간이 세 시간으로 거의 비슷하다. 반면에 한국은 여성이 하루에 세 시간 14분 가사 노동을 할 때, 남성은 40분만 일한다. 자그마치

다섯 배 차이다. 여성의 노동 현장 진출은 늘었지만, 남성의 가정 진입은 그 수준을 따라가지 못하고 있다. 결국 여성은 직장에서도 일하고, 집에서도 일한다. 게다가 여성의 가사 무능력은 혐오의 대상이 된다. 이런 사회에서 상식이 없어도 되는 것은 특권이다.

포르투갈에서 만난 한국인 남성에게 화가 나지는 않았다. 내게는 매우 상식인 기본적인 가사 스킬을 전혀 신경 쓰지 않고 살아왔을 그 인생이 신기할 뿐이다. 라면 건더기도 못 버리는 그 인생이 부럽지는 않다. 하지만 그 사람이 평생 그렇게 누군가의 조용한 도움을 받아 영영 청소를 마무리하는 방법 같은 걸 모르고 살 거라 생각하면 그건 좀 부럽다. 솔직히 가끔 화가 나서 '얘는 지 씻고 마무리도 못 하면서 왜 에어비앤비에 묵고 난리야'라고 생각할 때도 있었지만….

봄날의 비서 교육

벚꽃이 만개한 4월의 어느 토요일, 나는 주말 출근을 했다. 늘 회사원으로 꽉 차 있던 1층 로비가 휑한 것은 처음 보는 광경이었다. 미리 주문한 수제 샌드위치와 각종 과자류, 커피가 가득 찬 20리터 봉지를 두 손에 들고 14층의 대형 회의실로 향했다. 그날은 '비서 예절 교육'이 있는 날이었다. 교육 담당자였던 나는 강의실에 미리 도착해 다과를 준비했다. 느지막이 참관차 출근한 팀장님은 한두 명씩 들어오는 교육생들을 보며 속 편한 소리를 했다.

"역시 비서들이라 복장이 다르다. 다들 봄 처녀처럼 입고 왔네. 주말이라 끝나고 나들이 가려나 봐."

당시 나는 남초 대기업에서 교육 업무를 담당하는 3년 차 사원이었다. 새로운 교육 과정은 적어도 두 달 전부터 준비하는 게 보통이었다. 그러나 그날의 비서 교육은 고위급 임원의 지시 때문에 급하게 만들어진 교육이었다. 비서 한 명이 실수해서 부회장이 크게 화난 탓이라고 했다. 통성명 없이 통화 연결을 요구하는 그분 목소리가 부회장인 걸 알아차리지 못했다나. 임원은 당장 2주 후, 그것도 주말에 교육을 만들라고 지시했다. 임원을 보좌하는 비서가 평일에 자리를 비우면 임원들이 반발하기 때문이었다.

급하게 회사의 비서 인력 현황을 조사했다. 그때 나는 몇 가지 새로운 사실을 알게 되었다. 서울·경기권에 근무하는 비서만 약 60명이며, 그들은 모두 여성이고, 그들이 담당하는 임원은 모두 남성이라는 것. 비서 중 정규직은 단 네 명뿐이며, 나머지는 모두 1년 후 교체되는 촉탁 계약직 신분이라는 것. 정규직인 나는 특근 신청을 할 수 있지만, 비정규직 비서들에 대한 특근비 규정은 따로 없다는 것도 그때 알았다. 그들은 그동안 주말 출근을 해도 한 번도 특근 신청은 하지 않았다.

비서 몇 명과 인터뷰도 진행했다. 업무상 가장 어려운 부분이 무엇인지 물었다.

"인수인계가 안 돼요. 다들 2년마다 퇴사하고 새로 들어오니까…."

A는 본인도 급하게 나간 이전 담당자 때문에 들어온 케이스라, 인수인계 자료가 없어서 다른 층 비서에게 간신히 하나씩 배우며 업무를 파악했다고 했다. 그러나 업무를 익히는 것보다 힘든 것은 차별적인 시선이었다. A는 "비서들은 일하다가 정규직 남자 만나서 결혼하는 게 최고의 루트 아니냐"는 말도 들었다.

B는 입사할 때 인사팀 차장으로부터 이런 말을 직접 들었다고 했다.

"젊고 예쁜 애들이 매년 졸업하는데, 너희와 계속 일해야 할 이유가 없지 않겠니?"

인터뷰를 하며 회사 내 성차별이 정교하게 계급화되어 있다는 현실을 마주했다. 그건 '공채 정규직 출신' 여성인 나는 또 모르는 세계였다. 그들은 봄 처녀가 되었다가, 취집 지망생이 되었다가, 실수 한 번에 쉽게 대체됐다. 곧 나갈 사람이라 아무도 그들의 목소리에 귀를 기울이지 않았다. 비서를 데리고 교육할 게 아니라, 임원 교육을 해야 한다는 생각이 들었다.

하지만 우선 당장의 교육을 잘 만드는 데 집중해야 했다. 인사팀에 요구해서 비서들의 주말 출근에 대한 특근비 승인도 얻었고, 짧은 시간 안에 우수 사원들을 섭외해 커리어에 대한 질문을 나누는 '선배와의 대화' 시간도 마련했다. 그러나 결국 윗분들이 원하는 방향에서 크게 벗어날 수 없었다. 강사는 명랑한 목소리로 강의를 진행했다.

"엘리베이터를 아주 위험한 곳이라 생각하세요. 즉, 여러분이 먼저 들어가고, 나중에 나와야 한다는 거죠."

결국 강의의 메시지는 그런 것이었다. 비서는 위험한 곳에 더 오래 머물러야 하는 존재라는 것. 그날의 교육은 내게 꽤 오랫동안 자괴감을 남겼다.

그럼에도 위로가 되는 강의 평가 하나가 있었다.

"이렇게 많은 비서들끼리 모여서 얘기한 것은 처음이었어요. 각자 고충을 털어놓는 것만으로도 좋더라고요."

분명 그건 첫 단추부터 잘못된 교육이었다. 그럼에도,

'이런 것'이라도 필요했을 누군가가 있었다. 아쉬움이 가득한 교육이었지만, 어쩌면 이게 시작이 될 수 있을지도 모른다. 타인을 위한 콘텐츠를 만든다는 것은 그들의 목소리를 듣는 데서부터 시작될 테니.

사실 아쉬운 건 또 하나 있었다. 그날 아침 팀장님의 말에 제대로 대꾸하지 못한 것이었다.

"팀장님, 교육생들은 봄 처녀가 아니에요. 그냥 봄날에 주말 출근 하기 싫어하는 똑같은 직장인입니다."

의전이란 무엇인가

퇴사하기 전, 의전의 끝판왕 총무실과 협업하는 프로
젝트의 킥오프 미팅을 준비하던 날이었다. 그때 총무실 과
장님은 프로젝트팀의 막내였던 나에게 전화를 걸어 여섯
명의 현업 팀장님들을 대상으로 칼국수를 싫어하는 사람
이 있는지 확인하라는 지시를 내렸다. 이미 가게는 예약되
어 있었다. 그곳은 수육 전문점으로, 칼국수가 서브 메뉴로
나오는 곳이었다. 그 전화를 받은 후 나는 동공의 초점을
잃었다.

'칼국수를 싫어하는 사람이 있나? 칼국수처럼 호불호 없는 음식이 어디 있다고? 팀장님들한테 칼국수 싫어하는 지를 어떻게 확인해?'

이미 팀장 대상으로 메뉴를 안내한 후였다. 과장님의 요청은 팀장님들이 '대접받는 기분'이 들도록 취향과 기분을 살피기 위해 막내가 한 번 더 물어보라는 요식 행위처럼 느껴졌다. 팀장님들한테 메신저로 '안녕하십니까, ○○팀 ○○○ 사원입니다. 다름이 아니오라 내일 예정된 킥오프 미팅 후 중식 관련하여 칼국수가 혹시 입맛에 맞지 않으실지 확인코자 연락드렸습니다.' 이렇게라도 보내야 했던 걸까? 나는 그날을 칼국수의 날로 회상한다.

신입사원으로 입사해서 가장 먼저 배우는 것은 회사 예절이다. 업무에 필요한 비즈니스 매너보다는, 윗사람들에게 실수하지 않기 위한 매너, 하급자가 상급자에게 보여야 할 의전 사항이 우선이다. 상사와 술 마실 때 고개를 돌리는 방향, 전화 응대 시 나의 상사와 발신자의 직급 차이에 따라 호칭을 달리하는 법 등이다. 무엇보다 신입사원에게는 '상석'만큼 헷갈리는 게 없다. 문에서 먼 안쪽 자리일

수록, 문이 잘 보일수록, 풍경을 정면으로 볼 수 있을수록, 등받이가 있을수록…, 상황과 장소에 따라 상석의 위치는 매번 달라진다. 신입사원이 미팅을 준비할 때 가장 먼저 하는 것은 언제나 좌석의 서열을 매기는 것이다.

퇴사한 지금도 절대 까먹지 않는 의전 규정이 있다. 엘리베이터 의전인데, 탈 때는 아랫사람이 먼저 타서 엘리베이터를 조작하고, 내릴 때는 임원이나 상사가 먼저 내릴 수 있도록 한다는 것이다. 엘리베이터를 아주 위험한 곳으로 생각하면 기억하기 쉬울 거라는 팁도 함께 배웠다.

이런 의전은 사람 사이에 필요한 예의라고는 하지만 그 예의의 수혜는 일방적이었다. 행사를 준비할 때도 콘텐츠의 내용이나 임직원과의 커뮤니케이션보다는 내빈으로 모실 임원을 수발하는 데 더 중심을 둬야 했다. 거추장스러운 의전 업무 때문에 정작 업무의 본질에 신경 쓰지 못하는 경우가 많았지만, 아랫사람 입장에서는 그저 각 상황에 맞는 매뉴얼을 암기하고 수행해야 했다. 그것이 그곳 문화의 핵심이기 때문이다. 상급자에게 마땅한 '예의'를 보이고, 그들의 시간이 1초도 낭비되지 않게 준비하고, 심기를 거슬리게 하지 않는 것.

회사의 조직문화를 좌지우지하는 '의전'이란 과연 무엇인가. 의전의 사전적 정의는 "행사를 치르는 일정한 법식"이지만, 나는 김원영 변호사가 『실격당한 자들을 위한 변론』에서 밝힌 의전의 정의가 더 정확하다고 생각한다. 그의 책에 따르면 의전은 "상급자의 품격, 권위, 상징을 위해 복무하는 노력"이며, "지위가 높은 사람이 그에 어울리는 여유롭고 품격 있는 움직임과 확고한 권위를 드러내고, 자기를 과시할 수 있게 하는 일종의 무대 설계"다.

> 가장 편안한 의자, 기다릴 필요 없이 부드럽게 이어지는 절차, 당황할 일 없도록 사전에 불안정한 요소를 철저히 제거하는 답사…. VIP는 매끄럽게 행사장으로 이동해 단 몇 초도 기다리지 않고 최소한의 발걸음으로 자신의 권위에 부합하는 위치에 앉는다. 스스로 별다른 통제력을 발휘하지 않아도 허둥지둥 댈 일이 없고, 위급한 일이 발생해도 그를 모시는 사람들이 알아서 모두 해결한다.
>
> _ 김원영, 『실격당한 자들을 위한 변론』, 사계절, 61쪽

이때 무대의 주인공은 의전의 혜택을 받는 상급자 한 명이다. 그의 완벽하고 품격 있는 수행을 위해 아랫사람들은 보이지 않는 곳에서 무대를 설계하는 데 동원된다. 이 일 인자의 위치는 직급과 직책에 따라 갈대처럼 달라진다. 팀 장이 일인자였다가도, 이사가 오면, 전무가 오면, CEO가 오면 무대의 주인공은 바뀐다. 이 무대의 최하단에는 당연히 신입사원이 있다. "위험한 곳에 더 오래 머물러야 하는" 회사 카스트의 최하단.

윗사람에 대한 의전에 지극정성인 사람일수록, 아랫사람들에게 대접받는 것에 집착한다. 그들에게 의전이란 나이와 직위에 걸맞은 훈장이자, 권리이자, 마땅히 누릴 품격이다. 자신의 품격을 남이 나에게 제공하는 서비스에서 찾는 태도는 갑과 을이 명확히 나눠진 위계 사회의 단면을 보여준다. 이제 높이 올라갈수록 더 과한 의전을 요구하는 갑질은 당연한 일이 되었다. 의전의 과잉, 친절 과잉의 시대, '진상'의 등장은 자연스러운 일이다. 나의 품격을 존엄한 내 행동으로 보여주는 것이 아니라, 남에게서 찾는 사람들이다.

일인자를 위한 과잉 의전은 무대를 설계하는 아랫사람뿐 아니라, 그 무대에 동원되는 다수에게도 피해를 준다. '의전왕'이라는 별명을 가진 황교안 전 미래통합당 대표는 국무총리 시절이던 2015년 서울 구로구에 있는 한 노인종합복지관을 방문했다. 복지관 측은 황 전 대표의 차질 없는 이동을 위해 엘리베이터를 잡아놓고 그를 기다렸고, 정작 노인들은 엘리베이터 대신 계단을 사용해야 했다. 2019년 밀양에서 열렸던 3·13 밀양만세운동 기념행사에서도 과잉 의전으로 논란이 됐다. 날씨가 갑자기 추워졌지만, 당시 야외 행사에 참석한 내빈들의 인사말을 모두 소개하느라 시간이 길어지면서 교복 위에 한복만 입고 참가했던 중고생들이 추위 속에 몸을 떨어야 했던 사실이 뒤늦게 밝혀졌기 때문이다.

모든 의전이 필요 없다는 것은 아니다. 문제는 의전이 행사의 취지·목적을 달성하는 데 도움이 되는 방향으로 진행되고 있느냐다. 대통령이나 CEO, 권력이 높은 소수의 품격을 높여주기 위해 다수의 존엄성이 피해를 본다면, 과도한 의전 절차로 전체의 시간과 비용이 낭비된다면, 과감히 줄일 필요가 있지 않을까. 특히 의전은 선례와 관행이 중요하다 보니, 한번 생긴 의전 질서가 사라지기는 쉽지 않다는 특징이 있다. 구시대적이고 효과성이 전혀 없는 것도 '예절'이라는 관습 하에 상투적으로 존재한다. 일본의 회사에는 상급자에게 보고하는 서류에는 도장을 비스듬히 찍는 결재문화가 있다. 최고 상급자에게 허리를 숙여 인사하는 것처럼 보이게 하기 위해서다. 의전의 껍데기만 남아버린 사례다.

최근 국가기관에서는 과도하거나 불분명한 의전을 타파하기 위해 '행사 의전 간소화'를 추진하는 추세다. 은평구는 우산 씌워주기, 차 문 열어주기 등 불필요한 의전 관행을 없애고, 과도한 내빈 소개와 축사 의원을 최소화하는 「은평구 행사 실무 편람」을 전 부서에 배부했다. 창원시 역시 과잉 의전 논란을 계기로 '시민 중심 의전 행사'를 마련했다. 시민 중심이라는 취지에 맞게 기존에 내빈이 차지하던 앞자리는 시민에게 돌려주고, 시장과 초청 인사는 객석 가운데 자리한다는 원칙을 세웠다. 불필요한 의전에 따르는 시간 낭비를 최소화하고 행사의 주인공 역할을 시민에게 돌려주겠다는 의미다.

의전을 받을 소수를 위한 무대 설계가 아닌, 다수를 위한 합리적인 배려가 필요하다. 프로젝트의 원활한 시작은 그날 점심 팀장급이 무엇을 먹느냐에 따라 결정되지 않는다. 불필요한 의전을 줄인다면, 칼국수 호불호를 조사할 시간에 더 중요한 업무를 할 수 있을 것이다.

자신의 **품격**을 남이 나에게
제공하는 서비스에서 찾는 태도는
갑과 **을**이 명확히 나눠진
위계 사회의 단면을 보여준다.

이제 높이 올라갈수록 더 과한 의전을
요구하는 갑질은 당연한 일이 되었다.
의전의 과잉, 친절 과잉의 시대,
'진상'의 등장은 자연스러운 일이다.

슬기로운 회사 생활

회사의 교육부서에 다닐 때, 우리 팀의 가장 큰 교육 행사는 매년 제주도에서 열리는 '신입사원 수련대회'였다. 1년에 한 번, 매년 5월에 열리는 수련대회는 신입사원 기간을 공식적으로 마무리하는 행사였다. 암묵적으로는 입사 동기들과 제주도로 놀러 간다는 이미지가 박혀 있긴 했지만, 명목상 신입사원의 애사심과 유대감 강화를 위해 실시되는 유서 깊은 교육이다. 설레는 얼굴로 제주도에 모인 1년 차 신입사원들은 각자 오랜만에 만난 동기들과 수다를 떨며 자기 부서의 힘듦을 토로했다. 능숙한 척하느라 외려 신입사원 티를 벗지 못한 교육생들이 제주도로 모였다.

하지만 교육이라는 탈을 쓴 이상 놀게 할 수만은 없는 법, 수련대회에는 한라산 등반이나 임원 특강 같은 프로그램이 군데군데 끼워져 있었다. 그중에는 제주도 지역사회를 돕는 사회 공헌 활동도 있었다. CSR(Corporate Social Responsibility, 기업의 사회적 책임)이라는 거창한 이름을 붙이긴 했지만, 단발적인 봉사활동과 다름없는 활동이었다. 의도치 않았지만(나에겐 발달장애인 동생이 있다) 나는 제주도의 발달장애인 청소년들과 '플레이 케이팝 테마파크'와 '코끼리 쇼'에 동행하는 봉사활동의 보조 교사로 가게 되었다.

현장은 엉망이었다. 사전 답사를 완료했다는 말과는 다르게 장애 아동이 대기할 공간도 없고, 좁은 계단을 수십 명이 올라가야 했다. 이동 동선이나 담당 인원이 불명확했다. 보조 교사로 투입된 거긴 했지만, 주먹구구식으로 이뤄지며 엉망이 되어가는 행사를 보고만 있을 수 없어 현장을 수습해야 했다. 현장 담당자와 안전요원, 참관 교사의 역할에 대해 인지하고 있는 사람이 없어 급한 대로 역할과 동선을 그 자리에서 다시 짰다.

당황한 것은 나뿐만이 아니었다. 장애 아동을 처음 보는 신입사원들도 당황한 기색이 역력했다. 그러나 그들은 짧은 시간이라도 아이들과 교감하기 위해 열심히 발 벗고 뛰었다. 부조리한 상황에서도 애를 쓰는 신입사원들과 코끼리를 좋아하는 장애 아동들을 보며 나는 몇 번이고 한숨을 내뱉었다. 회사의 보여주기식 행사에 장애 아동들이 동원되고 있다는 생각에 행사가 끝날 때까지 우울했다. 과연 아이들이 이 행사의 숨은 의도를 알아차리지 못했을까, 하는 생각도 들었다.

행사가 끝나고 표선면의 횟집에서 회식이 있었다. 그날의 회식은 몇억 원짜리 행사가 무사히 완료되었음을 자축하는 자리였다. 볼 장 다 본 팀원들과 그간 미뤄온 피드백과 회포를 푸는 시간이기도 했다. 나는 술을 마시며 CSR 행사의 미진한 준비와 장애인 관련 봉사활동의 까다로움에 대해 토로했다. 발달장애인인 내 동생의 이야기도 자연스럽게 흘러나왔다. 대상자인 장애인의 특성을 고려하지 못한 봉사활동의 문제를 지적하려는 때였다. 그 순간, 친한 선배가 내 말을 끊더니 이렇게 말했다.

"네가 그런 얘기를 하면, 회사 사람들은 그걸 너의 약점으로 생각해."

나만큼 취한 선배는 내게만 들릴 정도로 말했지만, 그 말이 몹시도 불쾌했던 나는 오밤중에 표선 해수욕장으로 혼자 열을 식히러 나갔고, 홀로 눈물을 흘리며 바닷가를 산책했다. 꽤 오랫동안 들어오지 않는 나를 찾으러 사람들이 나왔고, 선배 역시 술에 취한 상태로 나를 찾으며 울면서 바다 앞을 헤매고 다녔다. 그날 제주도 앞바다에서 벌어진 일은 술 취한 두 사람의 진상 해프닝으로 마무리되었다. 그날의 기억도 사람들에게서 점점 잊혀갔다.

하지만 나는 선배의 그 말이 오랫동안 기억에 남았다. "너의 약점을 굳이 말하지 않기를 바랐어"라는 말은 나를 진심으로 위하는 사람의 말이었기에 더 상처가 되었다. 그는 분명 나보다 사회생활을 오래 한 사람이었다. 그는 평탄한 사회생활을 위해서 적당히 잘 사는 모습을 세련되게 보여주는 것이 '슬기로운 태도'라는 것을 잘 알고 있었다. 장애인 가족이 있다는 것이 회사에서는 얕잡히기 좋은 약점이 된다는 말이다.

어쩌면 그런 인식이 만연한 회사이기에 이런 봉사활동이 생긴 것은 아니었을까 하는 생각이 뒤늦게 든다. 남들과 다른 사람을 어딘가 결핍된 타자로 인식하고, 그들과 함께 하는 것을 약점으로 생각하며 거리를 두는 조직문화이기에 가능한 사회 공헌 활동이었을지 모른다.

그로부터 1년 후 나는 회사를 나왔다. 표선면 앞바다의 해프닝 때문은 아니었지만, 이런 식의 문화, 그러니까 익숙하지 않은 문제를 해결하기보다 침묵하는 편이 슬기롭게 여겨지는 그 어떤 종류의 문화가 나와 계속 부딪혀온 것은 사실이다. 그런 회사를 오래 다니고 싶은 마음이 있을 리 만무했다. 웃긴 것은 수련대회의 목적이 애사심 향상이었다는 점이다. 회사를 사랑하게 만들기는커녕 퇴사 욕구를 키우는 교육이라니, 아이러니가 아닐 수 없다.

회사 신년회에서 한 이상한 게임

　전 직장의 신년회에서 기억나는 에피소드 하나가 있다. 아직 회사의 영업이익이 본격적인 하락세를 타기 전이라, 큰 웨딩홀을 빌려 한 해의 비전을 화려하게 선포하는 본부 행사가 가능하던 때였다. 그날은 약 200명 정도 되는 경영지원본부 임직원의 신년회였다. 총무, 인사, 교육을 담당하는 직원들이 바글바글하게 홀 안으로 모였다.

　본격적인 신년회와 식사를 하기 전, 총무팀의 말 잘하는 선배들이 경직된 분위기를 깨기 위한 게임을 진행하기 시작했다. 게임의 내용은 화면에 뜨는 '인사 정보'의 주인 공이 어느 팀의 누구인지 맞추는 것이었다. 회사 임직원들의 인사 정보를 조회할 권한이 있는 경영지원본부라 가능한 게임이었다. 예를 들어 "아들이 세 명 있는 이 사람은?", "취미로 서핑을 하는 이 사람은?" 같은 식이다.

무관심하게 뷔페 음식을 뒤적거리고 있던 나는, 화면에 뭔가 익숙한 내용이 뜨는 것을 보고 땀을 삐질 흘리기 시작했다. 화면에는 이런 문제가 떴다.

'이 사람은 누구일까요?'

취미 : 수상 소감 보기

나였다. 취준생 시절, 자기소개서를 쓰던 과거의 나는 실제로 그때 내가 가장 빠져 있었던 취미를 적었다. 그때 나는 아카데미나 에미상, 토니상, SAG(미국배우조합상), BAFTA(영국 아카데미 시상식) 등 해외 유수 시상식의 수상 소감을 보는 것을 정말로 취미로 즐겼었다. 언젠가 취미나 특기에는 실제로 시킬 수 없는 것(스노보드나 수영 같은 것)을 적는 게 좋다는 팁을 듣고 썼던 거 같기도 하다. 나한테

수상 소감을 해보라고 시키지는 않을 것이란 계산이었다. 하지만 그 계산은 청계산입구역의 웨딩홀에서 처참히 무너지고 말았다.

당연히 아무도 그게 누군지 맞히지 못했고, 사회를 보는 선배는 나를 가리키며 마이크를 건넸다. 갓 입사했던 나는 처음 보는 사람들로 가득 찬 홀에서 초밥을 먹다 당황해 웅얼웅얼 이상한 헛소리를 했고 ("잘생긴 남자를 보고 싶어서요…") 갈 길을 잃은 마이크는 곧 사회자의 손으로 넘어갔다. "○○ 씨는 정말 창의적인 취미를 갖고 계시네요!"

붉게 달아오른 얼굴은 얼마 후 가라앉았다. 그러나 민망함의 감정은 곧 의아함으로 바뀌었다. 분명 인사 기록 카드에 적힌 나의 취미는 개인정보다. 그런데 왜 나의 가장 개인적인 정보가 정초부터 회사 사람들 앞에서 까발려졌을까? 이런 식으로 내 인사 정보가 신년회 퀴즈의 소재로 쓰여도 괜찮은 걸까?

회사에서 일하는 동안 이러한 의문은 계속해서 커져갔다. 빅데이터, AI, IoT를 활용해 임직원의 정보를 어떻게 관리할 수 있을지는 회사의 가장 큰 관심사였다. 채용과 승진 단계에 '인공지능 챗봇'이 개입했고, 임직원들의 관심사를 파악해 맞춤형 교육 서비스를 제공했다. 그러나 회사가 임직원의 정보를 '어디까지' 활용할 수 있는지에 대한 논의는 발견할 수 없었다.

　최근 한 스타트업은 신입사원이 퇴사할 시점을 분 단위로 예측하는 시스템을 개발해 판매하고 있다고 한다. 신입사원이 적어도 1년 이상 근무할지 패턴을 매칭할 수 있다는 것이다. 미국에서는 페이스북과 트위터 등 SNS 자료를 통해 질병이나 산후우울증을 예측하는 시스템이 개발되기도 했다. 해당 시스템은 증상이 시작되기 '몇 달 전에' 우울증 발생 가능성을 예측할 수 있다. 우울증 예방에 사용될 것이란 초기 개발자의 예측과 달리, 해당 기술은 현재 채용 시스템에 적용되어 우울증 발병 가능성이 높은 사람을 가려내는 데 사용되고 있다.

　나는 회사가 나의 정보를 동의 없이 수집해 퇴사 시기를 점치거나, 나보다 일찍 우울증을 예상하거나, 그것을 이유로 나를 채용하지 않기를 바라지 않는다. SNS에 흩어진 정보의 부스러기로 나의 성격, 정치적 성향, 성적 취향을 추측하고, 이를 토대로 나도 모르게 기회를 박탈하는 사회를 바라지 않는다. 어쩌면 채용 과정에서 기업의 불확실성이 줄어든 만큼, 개인의 고용 기회 역시 줄어들지 모른다. 그 어느 때보다 개인의 정보가 홍수처럼 불어난 지금, 개인의 사적인 데이터에 대한 권한과 활용 범위에 대한 섬세한 논의가 필요하다.

그날 이후 나에게는 웬만하면 컴퓨터와 인터넷에 내 사적인 정보를 남기지 않기 위해 고군분투하는 습관이 생겼다. 내 마지막 퍼스널 영역에 대한 나름대로의 수호였다. 그래봤자 내가 할 수 있는 수준이란, '정보 제공에 동의하시겠습니까?'라는 질문에 '아니요'를 클릭하는 정도밖에 없다는 게 문제지만….

고등래퍼와 방시혁과 학벌주의

Mnet에서 〈고등래퍼〉 시즌 3이 한창 방영될 때, 인터넷을 뜨겁게 달군 화제의 명언이 있다. 자퇴한 남자 청소년들의 명대사 모음집이다.

"뼈해장국이 힙합이지", "힙합은 넥타이를 풀어야 한다", "너 자퇴 안 했어? 수학여행 안 갔다 왔어? 그럼 넌 힙합이 아니네".

남자 청소년들의 허세 가득한 모습에도 "하하하 나 힙합 다시 배워야겠다"며 해탈한 듯이 웃는 여자 청소년 이

영지의 모습은 공감을 자아냈다. 또 다른 여성 참가자 하선호는 그들에게 "힙합을 잘못 알고 있는 것 같다"며 멋있게 한 방 먹이기도 했다. 교복 입은 여학생들의 어른스러운 모습은 자퇴한 남학생들과 대비를 이뤘다. 온라인에서는 이영지와 하선호를 향해 '걸 크러시'라는 찬양이 쏟아졌다.

한편, 자퇴한 청소년들에 대한 반응은 엇비슷했다. "역시 자퇴하고 랩 한다는 전형적인 '힙찔이'들이네." 이들에 대한 조롱은 하선호가 서울외국어고등학교 재학 중이라는 것과 대비되며 더 심해졌다. 힙합 한다고 학교도 그만두고 탈색이나 하는 '힙찔이'들과 단정히 교복을 입은 '외고생'의 대비라는 새로운 구도가 생겨난 것이다. "내가 그럴 줄 알았어. 학교 나가봤자 외고생 발끝에도 못 미치는구나!" 여기엔 '학교 밖 청소년'에 대한 차별적 시선과 고정관념이 담겨 있다.

사실 〈고등래퍼〉라는 프로그램명도 고등학교에 다니지 않는 '학교 밖 청소년'을 배제하는 이름이다(물론 참가 자격은 재학 여부와 상관없다). '학교 밖 청소년'은 청소년 기본법에 기술된 법적 용어로, 초·중·고 또는 이와 동일한 과정을 교육하는 학교에 진학하지 않거나 자퇴·제적·퇴학 상태인 청소년을 말한다. 이들은 학교에 다니지 않는다는 이유로 쉽게 사회적 차별과 편견의 대상이 된다. 멀리 갈 필요 없이, '자퇴한 힙찔이'가 대표적이다.

요즘 고등학교 선생님들은 힘든 시간을 보낸다고 한다. 공부 안 하고, 자퇴하고 랩 한다는 남학생들이 많기 때문이란다. 국어 시간에 교과서는 안 읽고 이상한 욕투성이의 랩만 쓴다고. 그러나 그게 비단 요즘만의 일일까?

언제나 대중문화의 유행에 따라 아이들의 진로는 갈대같이 변했다. 의사, 아이돌, 요리사, 한의사…. 그들이 종종 이해할 수 없는 선택을 한다고 해서 학교 밖 청소년들에 대한 혐오 표현이 용납되는 건 아니다. 학벌주의 사회에서 제도권 밖의 그들은 언제나 차별받기 쉬운 소수자이기 때문이다.

2019년 2월, 빅히트 엔터테인먼트의 방시혁 대표가 모교인 서울대학교 졸업식에서 축사를 남겼다. 그는 그 대학의 미학과 출신이다. 대학생과 사회 초년생 모두에게 도움이 될 만한 그의 축사에 대한 대중의 반응은 뜨거웠다. 그러나 댓글 창에는 또다시 예상치 못한 전개가 펼쳐졌다.

"학벌로 사람 가리긴 싫지만, 확실히 배움이 짧은 사람들은⋯", "가방끈 긴 엔터테이너는 이런 느낌", "가방끈 짧은 공부 안 한 딴따라와 엘리트 엔터테이너의 차이", 나아가 "딴따라 힙합 찌질이들이 돈을 버니 아이들의 미래가 없다"는 댓글까지, 요점은 하나다. 음악도 '똑똑한' 사람이 해야 한다는 것이다. 학벌이 좋은 사람은 음악을 해도 철학이 있고 뭔가 다르다는 논리다.

힙합도, 음악도 똑똑한 사람이 해야 한다는 말이 맞을 수도 있다. '똑똑함'의 의미가 세상을 세밀하게 관찰하고 사유하며, 자신의 답을 찾아 사람들에게 감응을 주는 메시지를 전달한다는 의미라면 똑똑한 사람이 음악도 잘하고 힙합도 잘할 것이다. 라임을 떠올리고, 세계관을 갖춘 아이돌을 기획하는 것은 보통 똑똑한 사람이 할 수 있는 일이 아니다. 하지만 똑똑함이 제도권 안에서의 교육만을 의미할 때, 그건 그저 학벌주의에 불과한 말이 된다.

"가방끈 긴 사람이 음악도 잘한다"라는 반응은 방시혁 대표가 축사를 통해 전달한 메시지와 완전히 반대되는 것이기도 하다. 방시혁 대표는 불공정한 관습과 관행에 분노하고, 선택의 순간이 왔을 때 남이 정한 기준이 아닌 자신의 일관된 기준을 따르라고 강조했다.

　방시혁 대표가 처음 직접 기획한 아이돌 방탄소년단의 데뷔곡 〈No More Dream〉에도 기득권에 맞서 세상의 편견과 싸우라는 10대의 목소리가 담겨 있다. 가방끈 길이로 사람을 재단하는 것이야말로 방시혁 대표가 말한 불공정한 관행이자 분노해야 할 무사안일의 태도다.

　　대학은 걱정 마 멀리라도 갈 거니까
　　알았어 엄마 지금 독서실 간다니까
　　　　　　(…)
　　지겨운 same day, 반복되는 매일에
　　어른들과 부모님은 틀에 박힌 꿈을 주입해
　　장래희망 넘버원... 공무원?
　　강요된 꿈은 아냐, 9회말 구원투수
　　시간 낭비인 야자에 돌직구를 날려
　　지옥 같은 사회에 반항해, 꿈을 특별 사면
　　자신에게 물어봐 네 꿈의 profile
　　억압만 받던 인생 네 삶의 주어가 되어 봐

　　_ 방탄소년단, 〈No More Dream〉 중에서

정규교육을 받지 않아도, 대학을 가지 않아도, 학벌이 좋지 않아도 자기만의 방식으로 세계를 구축하는 똑똑한 사람들이 많다. 우리에게 필요한 건 그런 사람들을 최대한 많이 찾아 수면 위로 올리는 것이다. 이미 학벌 좋은 사람들이 이 세상을 지배하고 있는데, 굳이 엔터테인먼트 업계에까지 학벌을 강요할 필요가 있을까. 좌우지간 어느 산업이던 간에 학벌과 배경이 다양한 사람들이 많으면 많을수록 좋다.

방탄소년단 멤버 중에서 건국대학교를 졸업한 '진'을 제외한 나머지 여섯 멤버는 사이버대학교를 재학 중이거나 졸업했다. 학교의 형태와 종류에 상관없이 방탄소년단은 충분히 본인 삶의 주어가 된 모습을 보여주고 있다. 랩한다고 자퇴하는 학생들을 욕하기 이전에, 제도권 안에서도 학생들이 다양한 진로를 꿈꿀 수 있는 사회를 그리는 것이 바람직하다. 어쨌든, 이제 '기승전-가방끈 찬양'은 그만할 때다.

정규교육을 받지 않아도, 대학을
가지 않아도, 학벌이 좋지 않아도
자기만의 방식으로 세계를 구축하는
똑똑한 사람들이 많다. 우리에게
필요한 건 그런 사람들을 최대한 많이
찾아 수면 위로 올리는 것이다.

곽철용과 단소 살인마

얼마 전 '나만 빼고 장난치는 건가?'라는 의문이 들었던 적이 있다. 곽철용의 인기 때문이다. 곽철용은 2006년에 개봉한 영화 〈타짜〉에서 김응수가 연기한 캐릭터다. 곽철용이 등장한 영화 신과 대사들은 유튜브와 소셜미디어에서 역주행하며 유명한 밈(meme, 인터넷에서 유행어·행동 따위를 모방하여 만든 사진이나 영상)으로 자리 잡았다. 그의 대사는 다시 유행했다. "묻고 더블로 가", "나 깡패 아니다. 나도 적금 붓고 보험 들고 살고 그런다", "젊은 친구, 신사

답게 행동해", "마포대교는 무너졌냐, 새끼야" 등등. 곽철용의 대사를 가지고 하는 술 게임도 생길 정도였다.

곽철용의 인기 요인에 대한 분석도 많다. 누군가는 2019년 〈타짜: 원 아이드 잭〉 개봉에 맞춰 〈타짜〉 1편의 언급이 늘어난 게 시작이라고 말하기도 한다. 곽철용의 유행으로 그를 연기한 배우 김응수는 여러 예능과 광고에 등장하며 제2의 부흥기를 누렸다. 사람들은 건달이자 악역인 곽철용이 아니라, 순정남이자 유능한 사업가로서의 새로운 모습에 초점을 맞춘다. 어떤 기사에서는 곽철용에 대해 이렇게 평가했다.

> 깡패 출신의 거친 남성미와 사업가로서의 신사다운 품위, 여성 앞에서는 순정을 모두 내비치면서, 순간순간 자신에게 가장 필요한 것인지 무엇인지 빠르게 판단하고, 모든 행동이 논리적으로 설명되는 모습이 김응수의 연기에 녹아 있다.[*]

✿ 헤럴드경제 「13년 만의 엄청난 파급력… 곽철용에 열광하는 온라인」, 2019.09.25

실존주의자 선언

비록 건달일지언정, 사랑하는 여자 앞에서는 적금 붓는 모습을 어필하는 곽철용의 인간적인 면모가 지금 와서 다시 주목받고 있다. 하지만 그 장면에서 곽철용은 가게 직원인 화란을 자신의 테이블에 앉히기 위해 공격적인 말투로 강압적인 분위기를 조성하고, 자리를 피하려는 화란의 의사를 무시한 채 억지로 자신의 옆에 앉히려 들고, 부하들에게 소리를 지른다. 그런 공격성은 유머로 소비될 수 없는 부분이다. 순수한 사랑을 들먹이기 가장 어려운 장면이 어쩌다 순정남의 상징이 되었는지 의문이다.

곽철용 이미지의 소비는 구시대적 남성성을 희화화하는 방식으로 이뤄지지 않는다. 오히려 이제는 비판받는, 마초적 남성성에 대한 남자들의 묘한 향수가 느껴진다. 폭력성이 전부인 남성 캐릭터에서 그의 대사만 부각하여 복잡한 사정을 헤아려주고, 여성혐오적 각본에 숨겨져 있는 인간적인 매력을 '굳이' 발굴하는 노력이 엿보인다. 곽철용의 유행 뒷면에는 그런 감성을 향유하는 남성끼리의 어떤 유머의 연대가 있다. 부조리함이 유머를 통해 주류가 되는 걸 보니 이미 범국민적인 유행어가 된 "살아 있네"가 떠올랐다. 영화 〈범죄와의 전쟁〉을 보지 않은 나는 그 대사가 여성의 가슴을 주무르는 조폭의 입에서 나왔다는 것을 뒤늦게 알고 심한 배신감을 느꼈더랬다.

유튜브에 '단소 살인마 아저씨'라는 유명한 동영상이 있다. 7호선에서 난동을 부리는 60대 정도의 남성을 같은 칸 사람이 몰래 찍은 영상이다. 파란색 증정용 모자에 검은 5부 반팔 티, 조끼부터 바지 신발까지 올블랙으로 무장한 중년의 남성은 술에 잔뜩 취한 듯 쌍욕을 하며 행패를 부린다. 특이한 점은 단소를 들고 사람들에게 겁을 주는데, 절대 때리지는 않는다는 것이다. "절제력이 엄청나네. 누군가를 절대 때리지는 않는다", "역시 서울에 살아야 이런 문화공연도 누리네", "개콘이 망한 이유" 등등 댓글을 보는 재미도 있다. 그의 모습은 과연 실소가 터져 나온다. 이미 유명 인사가 되어버린 그는 tvN 〈코미디 빅리그〉에서 패러디되기도 했다.

영상에는 또 다른 등장인물이 몇 명 더 나온다. 단소 살인마를 말리기 위한 또 다른 중년의 아저씨들, 그를 찍는 젊은 남성의 킥킥대는 웃음소리. 그런데 나는 그 영상에서 조용히 핸드폰만 쳐다보고 있는 젊은 여성들에게 눈길이

갔다. 영상을 찍거나 웃으면 불똥이 튈 수도 있으니 고개를 아래로 숙이고 핸드폰을 보는 사람들. 공공장소에서 폭력성을 휘두르는 남성을 보고 느끼는 긴장감과 불안감, 나와 거리가 좁혀질수록 가슴이 쿵쿵 뛰고 숨을 조용히 내뱉게 되는, 벗어나기만을 바라는 순간들. 나는 이런 것에 더 감정이입이 된다.

어쨌든 그런 현장을 해결하는 것은 남성이다. 현실에서 단소 살인마를 제압하는 것은 더 위협적인 피지컬을 가진 또 다른 아저씨고, 영화에서 화란을 곽철용으로부터 구해내는 것은 고니다. 곽철용의 대사는 고니의 재치와 문제 해결력을 극대화하기 위한 장치에 불과했다. 자유의지가 거부된 채 술자리를 강요당하는 화란의 마음 따위는 아무래도 상관없다. 폭력과 강압이 지배하는 분위기 속에서 고개를 숙이고 있는 사람들의 목소리를 궁금해하는 사람은 아무도 없다.

문제를 일으키는 것도 남성, 그걸 해결하는 것도 남성이다. 그들만의 서사에서 비롯된 그들만의 유머를 보며, 멀리서 나 같은 사람들은 이렇게 말하고 싶어진다.

"놀고 있네."

〈타짜〉에 대한 남성들의 열렬한 사랑이 언제쯤 식을까 생각해본다.

분노의 글쓰기 클럽

"서류 전형에 불합격하셨습니다."

언론사 입사 준비를 1년 정도 했을 무렵이었다. 연이은 채용 고배에 좌절하던 차에 가장 가고 싶었던 회사에서 서류부터 떨어졌다. 책상 한편엔 논술과 작문이 빼곡히 적힌 굵은 스프링 노트가 여덟 권이나 쌓여 있었다. 모니터 속 선명한 불합격 소식은 이만큼 공부해도 문턱조차 넘을 수 없다고 말하고 있었다. 1년의 준비가 헛되게 느껴진 순간, 나는 '쓸모 있다'는 감각이 절실하게 필요했다. 나의 존재

의미를 어떤 식으로든 증명하고 싶었다. 미뤄온 버킷리스트를 이제는 실행할 때가 됐다고 생각했다. 글쓰기 워크숍을 여는 것이다.

그렇게 '분노의 글쓰기 클럽'을 열었다. 분노를 자원으로 글을 쓰고, 변화의 물꼬를 트는 시민이 되도록 돕는 일을 하고 싶었다. 사실 기존에 커리큘럼까지 다 짜놓은 수업이었다. 다만 직업을 얻고 안정된 후에, 오프라인에서 진행하는 것을 계획했다. 코로나는 취업과 오프라임 모임, 이 모두를 어렵게 만들었다. 나는 내가 왜 언론인이 되고 싶은지를 다시 떠올렸다. '나의 이야기를 쓰는 데서 나아가 타인의 이야기를 듣는 것, 그들의 이야기가 세상 밖으로 나올 수 있도록 힘을 싣는 것.' 그것은 꼭 어떤 회사에 들어가야지만 이룰 수 있는 것은 아니었다.

탈락 공고를 보자마자 인스타그램에 글을 올렸다.

"제가 온라인 글쓰기 워크숍을 열면 관심 있을 분이 계시려나요?"

그렇게 열두 명의 사람들이 모여서 글을 쓰기 시작했다. 어느 날의 주제는 '여자이기 때문에'였다. C는 터키 이스

탄불에서 택시를 탔다가 납치된 경험을 썼다. 그는 GPS를 통해 자신이 호텔로 가는 게 아니라 바다를 건너고 있음을 확인했다. 죽을지도 모르겠다는 생각에 정중히 부탁했지만, 납치범은 C를 무시하고 웃기만 했다. C는 가진 돈을 창문 밖으로 꺼냈다. "나를 내려주지 않으면 이 돈을 창밖으로 뿌릴 거야. 내려만 주면 얌전히 다 줄게." 골 때린다는 태도로 호탕하게 웃은 납치범은 C를 버리고 떠났다. C는 생각했다. '강간당하지 않고 살해당하지 않아서 다행'이라고. 혼자 여행하는 여성이었기 때문에 그의 최소한의 인권은 다행의 조건이 되었다. 당시 건장한 백인 남성 애인이 있었던 C는 누군가 말을 걸 때마다 핸드폰 배경을 내밀며 곧 내 애인이 온다고 말해야 했다. 그가 낭독한 "남성이 무서워 남성을 방패 삼았다"와 "내가 이 세상에서 처음 진 죄는 여자로 태어난 것 같다"는 문장에 우리는 같이 울고 분노했다.

어느 날의 주제는 '내 인생의 슬픈 날'이었다. J는 어린 시절 엄마를 여의고 삶의 기술을 일찍 배웠다. 스스로 옷을 빨아 다림질을 하고, 장을 보고 직접 밥을 지어 먹었다. J에겐 언제나 "엄마 없는 아이니까"라는 말이 꼬리표처럼 따라붙었다. 초등학교 시절 어느 날, 같은 반 아이는 J에게 말했다. "엄마도 없는 게." J는 드라마 속 연약한 캔디와 달랐다. 대신 그 아이의 뺨을 갈겼다. 그리고 선생님이 등장하자마자 눈물을 흘렸다. 흠잡을 곳 없는, '엄마 없는 아이'의 완승이었다. J는 낭독했다. "열 살짜리 엄마 없는 아이가 유일하게 가진 무기는 적재적소에서 불쌍하게 눈치 보기"였다고. 그러나 J가 이 사건을 기억하는 이유는 따로 있었다. J를 바라보는 반장의 눈빛 때문이었다. J는 엄마가 없는 것보다, 거짓말로 잘못을 가린 치졸한 자신을 부끄럽게 한 반장의 눈빛이 아직도 잊히지 않는다고 했다. 자신의 과거를 직시한 J의 고백은 우리의 삶도 되돌아보게 만들었다.

분노하고, 반성하고, 연대하며 우리의 용기는 서로에게 전염됐다. Y는 대전에서 '여담(女談)'을 만든 이야기를 들려줬다. 학과 30주년 행사에서 Y는 발견했다. 여초 학과 행사임에도 마이크를 든 수많은 연사 중에 여자는 없다는 것을. 그래서 Y와 여성 학우들은 직접 여성의 이야기를 찾아 마이크를 쥐여주기 위해 여담을 시작했다. 지금껏 보이지 않았던 여성들, 특히 지역에 사는 여성들에 집중해 감춰진 이야기를 듣는 프로젝트였다. 여성들의 이야기가 더 이상 여담(餘談)이 되지 않도록 하기 위함이었다. 우리는 Y의 이야기를 들으며 짜릿함을 느꼈다. 분노를 동력으로 세상을 바꾸기 위해 실천하는 여성의 모습에 서로 힘을 받았다. 우리는 글을 쓰고 나누며 원하는 삶에 조금씩 가까워졌다.

누군가 말했다. "우리는 같은 방향으로 분노하고 있다." 또 누군가는 말했다. "분노를 제때 할 수 있다."

같은 시간, 같은 자리에서 우리는 분노하고 울고 또 웃었다. 비대면 온라인 수업이라는 게 무색하게, 매번 화상 화면과 채팅방은 웃음으로 가득 찼다. 나는 이게 내 삶에 필요한 순간이라는 걸 알았다. '동시대의 이야기를 발굴하고 전달하는 사람'이 나의 꿈이라면, 나는 이미 열두 명의 사람들과 나의 꿈을 실현하고 있었다.

나는 분노의 글쓰기 클럽을 진행하며 매주 같은 말을 중얼거려야 했다. '이 클럽, 안 하면 어쩔 뻔했지?' 그런데 그들을 만날 수 있었던 것은 내가 실패했기 때문이었다. 그리고 열두 명의 분노러(우리는 서로를 분노러라고 부른다)들은 매주 각자의 실패담을 전한다. 이건 어쩌면 실패에 대한 커뮤니티다. 하지만 우리의 실패는 실패에서, 분노는 분노에서 끝나지 않는다. 앞으로 또 수없이 많은 실패를 경험할 나에게 미리 예언한다.

"넌 언제나 좌절하는 순간에 새로운 의미를 발견할 거야."

이건 분노러들에게도 전하고 싶은 말이다.

광화문에는 없고
바르셀로나에는 있 는 것

스페인으로 건축 답사를 떠난 적이 있다. 따스한 지중해의 햇살이 내리쬐는 금요일 오후, 세계적 건축가 리처드 마이어가 지은 바르셀로나 현대미술관, MACBA로 향했다. 모던한 백색의 파사드, 지그재그의 진입부가 선사하는 시각적 경험도 즐겁지만, 이곳의 핵심은 광장이다. 일부러 오른쪽으로 기울어지게 만든 새로운 형태의 광장은 예상치 못하게 스케이트 보더들의 성지가 되었다고 한다. 광장에는 10대 보더들의 바퀴 소리와 환호 소리, 넘어지고 일어서는 역동적인 사람들로 가득했다.

 MACBA에서 3분 정도 걸으니 로컬 건축가 듀오가 설계한 바르셀로나 현대문화센터, CCCB가 나왔다. 도착하자마자 익숙한 노랫말이 들려왔다. "Hit you with that ddu-du ddu-du du." 블랙핑크의 노래 〈뚜두뚜두〉의 가사였다. CCCB의 외벽 유리창은 케이팝을 사랑하는 10대 청소년들의 안무 연습용 거울로 사용되고 있었다. 디귿 자로 되어 있는 센터의 넓은 야외 공간에는 치어리더들과 성가대도 있었다. 오렌지가 나무에 주렁주렁 열린 센터의 마당은 스피커에서 흘러나오는 서로 다른 음악으로 가득 찼다.

 CCCB를 빠져나와 이번엔 카탈루냐 광장으로 향했다. 그곳에선 스웨덴의 10대 환경운동가 그레타 툰베리로부터 시작된 등교 거부 시위 '미래를 위한 금요일(Friday for future)'이 진행 중이었다. 기후변화 대책 마련을 외치며 학교를 빠진 10대들의 힘찬 구호가 광장을 가득 채웠다. 그들을 보며 나는 그레타 툰베리가 한 말을 떠올렸다.

 "어째서 제가 곧 있으면 사라질 미래를 위해 공부해야 하나요? 어른 중 누구도 미래를 구하기 위해 무엇 하나 하지 않는데요?"

그날의 답사를 마치고 나는 '광장의 조건'에 대해 다시 생각해보게 되었다. 다수가 함께할 수 있는 물리적 공간이 가장 우선이겠지만, 이를 인위적으로 조성한다고 모두 광장이 되는 것은 아니다. 사람들이 원한다면 그들이 있는 곳이 어디든 광장이 될 수 있다. 중요한 것은 시민들을 집 밖으로 나가게 만드는 내적 동기다. 신나는 감정을 주체할 수 없을 때 밖으로 나와 친구들과 춤을 추고, 분노를 참을 수 없을 때 학생들은 학교 대신 광장에 모이기로 결심한다. 감정이 흘러넘치고 이를 표현하는 것이 자연스러운 사회에서 광장은 생명력을 얻는다. 건강한 광장의 기저에는 타인의 다양한 감정을 용인하고 자유를 존중하는 사회적 성숙도가 깔려 있다.

일명 '앵그리 틴에이저'들은 21세기 광장의 새로운 주인공이 되고 있다. 그레타 툰베리와 홍콩 우산혁명을 이끈 조슈아 웡이 보여주듯, 전 세계의 10대들은 소셜미디어를 기반으로 세상과 더 넓게 연대하며 어른들에게 분노하고 있다. 이런 시대적 흐름과 달리 대한민국의 청소년들은 광장에서 잘 찾아볼 수 없다. 한국의 광장에도 자유로운 욕망들이 살아 숨 쉬지만, 유독 10대들의 욕망만큼은 쉽게 받아들여지지 않는다. 청소년의 감정과 욕망은 '미래의 불확실한 안정'에 볼모로 잡히고 교착상태에 빠졌다. 그러나 10대들은 이미 안다. 그들에게 주어진 선택지란 고작 공무원 정도라는 걸. 그리고 그 문이 아주 좁다는 것도.

그래서 그들은 좁은 교실을 나와 또 좁은 코인 노래방에 간다. 케이팝 본고장의 10대들은 햇살이 비추는 광장에서 춤을 추지 않고 틱톡을 켜고 혼자 춘다. 밖에서 함께 화내지 않고 SNS에서 분노를 표출한다. 나는 그들의 열정과 분노가 표출되지 못하고 억눌리는 게 두렵다.

미선·효순 사건과 광우병 집회, 국정농단 촛불집회의 가운데엔 언제나 교복을 입은 10대들의 분노와 희망이 있었다. 곧 사라질 미래를 지키기 위해 교실 문을 박차고 나온 카탈루냐 광장의 그 10대들처럼, 가장 먼 미래를 살아갈 청소년들의 목소리가 광장에 쏟아져 나와야 한다. 그렇게 되기 위해서 가장 먼저 할 일은 그들의 감정과 욕망이 자유롭게 흘러넘치도록 내버려두는 것이다.

I hate

3장

남의 기준이 아닌
내 기준으로 산다

대치동 소화기와
서른의 자아 찾기

신문을 읽다가 대치동 학원에서 소화기를 터트린 중학생의 이야기를 봤다. 1교시가 끝난 휴식 시간에 갑자기 교실 한가운데서 소화기의 안전핀을 뽑아 분말을 사방에 뿌렸다고 했다. 학업 스트레스가 심했던 이 학생은 평소 "소화기를 터트리고 싶다"고 주위에 얘기한 적이 있다고 한다. 소화기 사건 직후 교실은 난장판이 됐고, 그 반에 있던 학생들은 빈 교실이 없어 옆 건물로 걸어서 이동해 급하게 수업을 진행했다. 교실이 엉망이 돼도, 문제집과 가방이 분

말에 축축하게 젖어도, 대치동 학원가의 수업은 멈추지 않았다.

대학생 시절, 대치동의 전형적인 사교육 기관에서 몇 년간 아르바이트를 했다. 국·영·수 과목별 진도를 나가는 학원이 아니라, 서울대학교에 합격한 3천 명의 노하우를 압축한 '공부법'을 실제 학업에 적용할 수 있도록 코칭하는 학원이었다. 지금 그곳의 홍보 문구는 "우리는 공부 때문에 자존감과 자신감을 잃어버린 학생을 위해 존재합니다"이다. 그러나 당시의 홍보 문구는 좀 더 적나라했다. "우리는 SKY가 현실적으로 불가능하다고 평가받는 학생들을 SKY에 반드시 보내기 위해 존재합니다."

반드시 SKY에 보내준다니! 당당하게 학벌주의를 표방하는 학원의 모토에 많은 학부모가 현혹됐다. 학원의 CEO는 수많은 언론 매체에 등장해 "서울대만 들어가면 인생 핀다"를 역설했고, 지푸라기라도 잡고 싶은 학부모들은 거리낌 없이 학원에 돈을 안겼다. 공부법을 배우는 기본 프로그램과 추가 프로그램 몇 개만 등록해도 수강료가 100만 원을 훌쩍 넘어갔지만, 학원은 항상 순번을 기다리는 학부모들로 북적거렸다. 공부법 하나 배운다고 갑자기 서울대를 갈 리가 만무한데도, 그들은 이 학원만 다니면 자식들이 '반드시 SKY에 갈 것'이라고 확신하는 듯 보였다.

두꺼운 단행본에 담긴 공부법을 달달 외워 아이들에게 가르쳤지만 정작 나도 이걸 믿을 수 없었다. 실제로 코칭을 하면서도 '이런 식으로 돈을 벌어도 되나?' 하는 죄책감이 들었다. 서울대 학생 3천 명의 노하우를 압축한 공부법이 이 친구에게 맞을 확률이란, 과연…. 반마다 30퍼센트 정도는 별로 공부하고 싶은 마음이 없는데도 부모님 때문에 억지로 온 학생들이었다.

물론 소수의 학생에겐 이 방식이 도움이 됐고 실제로 SKY에 간 친구들도 있다. 그러나 대부분의 학생에겐 별 도움이 되지 않았다. 몇 명의 학생들은 내게 찾아와 "정말 이렇게만 하면 SKY에 갈 수 있나요?"라고 물었다. 나는 그들을 격려하며 현실적인 대안을 조심스레 제안해줄 수밖에 없었다.

몇 년간 그렇게 아르바이트를 하다가 졸업과 함께 마무리했다. 졸업 후 입사한 대기업은 직무에 대한 고민도 없이 무작정 연봉만 보고 선택한 곳이었다. 깊은 고민 없이 선택한 직장은 곧 다시 후회로 돌아왔다. 3년 만에 나는 정처 없이 갭이어를 빙자한 긴 여행을 떠났다. 내게 필요한 것은 내가 정말 좋아하는 것이 무엇인지 탐색하는 시간이었다. 학생들에게는 SKY에 갈 수 있다며 학원의 공부법을 열심히 전파했지만, 정작 SKY를 나온 나는 회사에 적응하지 못하고 정처 없이 해외를 떠돈 셈이다.

대치동의 맹목적인 단 한 가지 가치, 학벌주의. 그렇게 염원하던 좋은 학교에 들어가 졸업하면 이제 또 취업 시장으로 뛰어들거나 공무원 시험을 준비하겠지. 이게 맞나 싶어 긴가민가하겠지만, 다들 이게 좋다고 하니까, 여기밖엔 방법이 없어 보이니까, 남들이 다 원하는 곳이니까 또 목매달고 준비할 것이다. 과락 없는 사람이 되기 위해 사회적 기준선에 꾸역꾸역 나를 맞추고, 수많은 자격증과 대외활동에 많은 비용을 지불하게 되겠지. 하지만 회사에 들어가도 휴대용 소화기를 사무실에 뿌리고 싶은 욕망은 그대로다. 소화기면 다행이게, 불을 지르고 싶어질 거다.

알랭 드 보통은 "인생에서 가장 슬픈 것은 내가 가는

길에서 실패하는 것이 아니라, 이 길이 내가 원하는 게 아니라는 것을 길의 끝에서 알게 될 때다"라고 말했다. 서른이 다 되어가는 나이에 '자아 찾기'를 시작한 내 기회비용을 생각한다면, 탐색의 시간은 빠르면 빠를수록 좋다.

소화기 분말로 난장판이 된 학원 교실에서 공부하는 것보다 더 중요한 것들을 떠올려본다. 어쩌면 우리는 모두가 실패하는 길로 가고 있는지도 모른다.

요즘 가끔 고장 난 메트로놈 같다고 느낄 때가 있다. 이를테면 〈비긴어게인 3〉에서 악동뮤지션의 이수현이 〈아틀란티스 소녀〉를 부르는 것을 보며 청량한 보이스와 가슴을 울리는 가사에 갑자기 눈물을 흘리다가도 지금 내가 이수현의 노래에 감동해서 우는 것인지 구름 위로 올라가도 천사와 나팔 부는 아이들은커녕 앞길 깜깜한 내 미래만 보이기 때문에 우는 것인지 분간할 수 없는 혼란스러운 감정에 빠질 때 그렇다.

자주 우는 게 불안정한 감정 탓인가 했더니만 안과에 갔더니 안쪽으로 자라는 속눈썹 때문이라며 족집게로 개미 오줌만 한 눈썹을 여러 차례 뽑았다. "뽑을 테니 위를 보세요"라는 말을 듣고 '근데 선생님, 위가 안 보여요. 제 구름 위가, 인생이…'라는 생각에 울컥했다. 그렇게 줄줄 눈물을 흘리며 원장실을 나온 나는 점안액을 처방받았다.

한낮의 권태를 즐기며 작은 성과에 행복해하다가도 불현듯 〈아기공룡 둘리〉에 나온 몸통이 텅 빈 가시 물고기처럼 가슴이 뻥 뚫린 듯 허전해지는 순간이 자주 온다. 가시 물고기의 공백이 마치 내 커리어 같아서 불안해진다. 아수라 백작처럼 상반되는 모습을 보이는 나를 나조차 이해하지 못해서 '대체 너 왜 이러냐?'고 자문자답을 하는, 내 안에 내가 너무도 많은 요즘이다.

언제나 내 상황을 나열하면 최악으로 보인다. 내가 이룬 성과라는 것은 잠깐 뿌듯한 시기를 지나면 남들도 다 하는 당연한 것으로 보이고, 내가 이루지 못한 것은 딸 수 없는 신선의 복숭아 열매처럼 보이니까. 게다가 내가 이룬 작은 성과들을 과소평가하고 배제하는 경향도 있다. 나를 어떤 시각에서 묘사하느냐에 따라 얼마든지 최악이 될 수도, 아닐 수도 있다는 걸 안다. 그래도 요즘의 나는 물컵에 든 절반의 물이 청산가리로 보이는 시즌이다.

3년의 경력을 살리지 않을 것을 다짐한 상황에서 직장을 그만두었다. 각오했던 기간이었고 각오했던 두려움이었으며 불안해하지 않는 것이 불가능하다는 것을 알고 있었다. 누군들 안 그럴 수 있겠어? 이 상황은 필연적으로 지나야 할 터널이었고, 출구가 명확했다. 내 불안에는 마땅하고 명확한 근거가 있었다. 내가 더 잘하면 되고, 내가 마음을 다잡으면 되는, 해결 방법이 확실한 불안. 그래도 초조함이 등을 타고 올라올 때 나는 자주 온몸을 긁었다.

다행인 것은 한 번 다뤄본 적 있는 초조함이라는 사실이었다. 과거의 나는 그 초조함을 이기지 못해서 나에게 충분히 기회를 주지 못했었다. 지금의 이 시기는 사실 첫 번째 조바심을 잘 다루지 못한 결과이기도 했다. 같은 실수를 반복하지 말자고 다짐하고 스스로를 다독였다. 그러던 중 고병권의 책 『철학자와 하녀』를 읽으며 조바심에 대한 문장에 밑줄을 쳤다.

성급한 해결을 원하는 조바심이 해결책이 아닌 어떤 것을 해결책으로 보이게 만드는 것이다. 그리고 이 때문에 사태의 종결은 불가능해진다. 파국을 막기 위한 조급한 행동이 파국을 영속화하는 것이다.

_ 고병권, 『철학자와 하녀』, 메디치미디어, 29쪽

지금 나는 조바심에 의한 두 번째 파국을 막기 위한, 사태를 종결짓기 위한 시간을 보내고 있다. 이번에도 조바심 때문에 돌려막기식 선택을 할 수는 없다. 그래도 나는 불안을 손안에 넣고 싶었다. 내가 불안을 조정하고, 횟수와 시간을 조금이나마 줄이고, 심신이 안단테의 상태로 안정된 나날을 보내고 싶었다. 그럴 때마다 속으로 되뇌는 문장이 있다.

"좋아하는 것을 잘할 수 있는 시간을 보내고 있다."

나의 상황을 최악으로 묘사하면 얼마든지 최악일 수 있지만, 반대로 인생에서 전례 없는 시기를 보내고 있다고 역설할 수도 있다. 당장 생존과 연봉에 대한 확신은 없지만, 내가 좋아하는 것이 무엇인지는 이제 안다는 것, 나아갈 삶의 가치관이 선명해지고 있으며, 그런 시기를 계속해서 보내고 있다는 확신. "좋아하는 걸 잘할 수 있는 시간"을 보내는 중이라고 생각하면 내가 꽤 괜찮은 사람으로 느껴졌다. 불과 1년 전까지만 해도 나는 내가 좋아하는 것을 확신하지 못했으니까.

내가 좋아하는 것은 세상을 예민하게 감각하는 것이다. 자주 소름이 돋아 팔에 닭살이 올라오는 사람처럼, 세상만사에 놀라고 분노하는 피부를 갖는 것이다. 분노에서 멈추지 않고 애정을 기반으로 서로 연결되는 집단적 경험을 상상하는 것이다. 내게 주어진 것을 당연하게 생각하지 않으면서, 경계를 뛰어넘는 시야를 갖기 위해 공부하는 것이다. 동시대에 필요한 이야기를 발굴하고 전달하는 것이다. 이야기하는 것이다. 글을 쓰는 것이다. 문제를 해결하는 것이다. 그런 삶을 사는 것이다.

얼마 전에 알게 된 작가 앤 라모트는 자신이 글을 쓰는 이유에 대해 질문을 받을 때 시인인 존 애시버리와 소설가 플래너리 오코너의 문장을 인용해 답변한다고 한다. "왜냐하면 쓰고 싶으니까" 그리고 "그게 내가 잘하는 일이니까".

나도 그런 사람이 되면 얼마나 좋을까. 아직 두 문장 사이의 간격이 너무 멀어서, 쓰고는 싶지만 잘하지는 못해서, 지금 나는 간격을 좁히고 있다고 생각한다. 그러면 먼 미래가 보이지 않아도 괜찮아진다. 이 과정이 나는 즐거우니까. 나는 좋아하는 것을 하면서 재미있기까지 한 염치없는 사람이다.

그래도 가끔 구름 위의 나팔 부는 아이들이 보이지 않을 때는 앤 라모트가 알려준 또 다른 말을 생각한다. "소설 쓰기는 한밤중에 운전하는 것과 비슷하다. 당신은 오로지 헤드라이트가 비추는 만큼만 볼 수 있지만, 그런 방법으로 여행지까지 다다를 수 있다." 소설 쓰기뿐만 아니라 인생에 대한 통찰력 있는 문장이다.

지금 헤드라이트가 비추는 내 삶의 간격은 짧지만, 그렇다고 해서 길이 막힌 것은 아니다. 흐릿하지만 그 뒤에 어떤 길이 있다는 걸 막연히 감각하는 정도라도 괜찮다. 오히려 그편이 더 낫다. 무엇이든 될 수 있을 거란 기대를 갖게 해주니까. 나는 아틀란티스 소녀가 아니고 당장 오늘의 길을 가까스로 도로 주행하는 초보 드라이버다.

가끔 지인들이 "요즘 어떻게 지내?"라고 물을 때 이 모든 말을 하기가 번거로웠는데 이젠 간단하게 말할 수 있을 것 같다.

"좋아하는 것을 잘할 수 있도록, 지금 저는 그런 시간을 보내고 있습니다."

내가 좋아하는 것은 세상을 예민하게
감각하는 것이다.

자주 소름이 돋아 팔에 닭살이
올라오는 사람처럼, 세상만사에
놀라고 분노하는 피부를 갖는 것이다.
분노에서 멈추지 않고
애정을 기반으로 서로 연결되는
집단적 경험을 상상하는 것이다.

프리랜서의 명함

    친한 친구 한 명이 결혼을 발표했다. 예쁘고, 능력 있고, 학벌 좋고, 집안도 좋은 친구였다. 곧 남편이 될 사람도 그렇다고(예쁜 건 모르겠지만) 했다. 집안 수준도 비슷하게 좋은 듯했다. 아주 능력 있는 친구가 벌써 결혼을 한다는 게 아쉬운 한편, 결혼이란 결국 '비슷한 집안끼리 하는 인수합병'이라는 말이 생각나기도 했다. 마치 드라마 〈SKY 캐슬〉처럼, 상류층·중산층의 결혼과 재산 소유를 통한 '계급 현상 유지'를 실시간으로 보고 있는 느낌이었다.

친구와 만나고 돌아온 후 미묘하게 마음에 걸리는 게 하나 있었다. 내 주위에는 비슷한 부류의 사람이 많다. 좋은 학교 나와서 좋은 조직에 들어가고 좋은 사람을 만나서 곧 좋은 결혼을 할 사람들. 물론 나도 이런 삶을 위해 기를 쓰고 공부해서 대학에 가고 대기업에 입사했었다. 그런데 이런 집단 안에서 내가 얼마나 타인의 삶에 눈을 돌릴 수 있을까? 공부하고 행동하는 수밖에 없다는 걸 알면서도, 내가 모르는 삶들의 총체가 가늠도 안 될 때는 무지한 상태로 죽을까 봐 두려워진다. 나의 좁은 시야, 기득권적인 시야에서 난 자유로워질 수 있을까?

최근 일터에서 여성들이 겪는 성차별을 다룬「젠더 갑질 실태조사 결과 보고서」를 읽었다. 조사 참여자에는 자동차 공장에서 일하는 비정규직 여성들도 포함되어 있었다. 자동차 회사에서 교육 업무를 담당할 때 나는 공장에 몇 번이나 간 적이 있지만, 그곳에서 일하는 비정규직 여성들과 이야기해본 적은 없다. 브런치에 여성의 직장 내 성차별에 대한 글을 연재하기도 했지만, 나는 여성 리더가 유독 많은 직무에서, 불합리함을 큰소리로 외치는 멋진 선배들과 여성 롤모델들이 있는 곳에서 정규직·공채 출신으로 일을 했다. 나와 같은 공채 출신이더라도 공장에 발령받은 여자 동기는 나보다 더 많은 일상적 성차별을 겪었다. 내가 비서직이나 서무직 등 회사 내 비정규직 여성들의 성차별에 대해서 진지하게 고민하게 된 것은 그들과 친해지고 난 이후였다.

경계 밖 소수자의 이야기를 듣기 위해서는 우선 내가 접해 있는 소수자 집단에서 시작할 수밖에 없다. 그렇게 소수자의 범주를 조금씩 확장하고 연대하는 것이 내가 지금 할 수 있는 유일하고 확실한 길이다. 이를 위해서는 언제나 철저한 자기 인식이 필요하다. 난 기득권인 동시에 언제든지 소수자가 될 수 있다는 사실을 항상 염두에 두는 것이다.

그러니 언제나 나의 위치를 확인하기를, 철저하게 나의 경계를 깨닫기를. 자아와 타자의 경계, 내가 할 수 있는 것과 없는 것의 경계, 기득권과 소수자의 경계, 그 모든 경계를 인식하지만, 그것을 자유롭고 산뜻하게 넘나드는 무경계의 사람이 되기를. 그런 지적으로 말랑말랑한 상태에서라면 앤드루 솔로몬처럼 "진단은 덜 내리고, 질문은 더 잘 던지고, 답은 성급히 내지 않기"를 실현할 수 있지 않을까.

퇴사한 후 명함을 새로 만들었다. 내 필명인 사과집은 '사소한 것에 과도하게 집착하기'의 준말이다. 대학생 때는 신변잡기식 글만 쓰는 나를 자조하는 의미로 사용했다. 그러나 현재의 '사과집'은 그 이상이 되기를 바란다.

사소한 이야기로 소수의 이야기를 전하는 사람. 내게 주어진 것을 당연하게 생각하지 않으면서, 제도권의 안팎을 자유롭게 넘나드는 시야를 가진 사람.

프리랜서가 명함을 만드는 것은 철저한 자기 인식의 과정이다. 이 작은 종이 하나가 주는 무게감을 느낀다. 그런 사람이 되지 않으면 안 될 것 같기 때문이다.

나에게 필요한 ○세권

사람마다 ○세권의 우선순위는 다르다. 이름에서 짐작할 수 있는 몰세권(대형몰+역세권)이나 편세권(편의점+역세권), 벅세권(스타벅스+역세권), 숲세권(숲+역세권)에서부터 도대체 이건 뭐지 고민하게 만드는 서세권(서브웨이+역세권), 엽세권(엽기떡볶이+역세권) 등 세상엔 다양한 ○세권이 존재한다. 그렇다면 나에게 중요한 ○세권은 무엇일까 생각해보니 다음과 같이 정리할 수 있었다.

카세권 (★★★★★)

카페는 옵션이 아니라 필수다. 특히 가족과 함께 사는 지금, 작업을 위해 더 필수적인 공간이 되었다. 그렇다면 어떤 카페가 필요한가? 먼저 가까우면 가까울수록 좋다. 그리고 오래 앉아 있어도 눈치 보이지 않고 나를 아는 척하지 않는 적당히 큰 매장의 프랜차이즈여야 한다. 나는 내 존재가 백색소음이 되어야 안정감을 느끼는 사람이다. 그래서 요즘 내가 다니는 카페는 걸어서 5분 거리에 있는 투썸플레이스다. 가깝고, 넓은데다, 무엇보다 현재 사용하고 있는 신용카드 할인율도 높다.

책세권 (★★★★☆)

얼마 전까지만 해도 나는 대형서점의 존재가 중요하다고 생각했다. 책을 사서 읽는 편이었으니까. 하지만 금전적 여유가 없는 요즘, 읽는 책의 90퍼센트는 대여한 책이다. 도서관에는 없거나 대출 중이라 비치되지 않은 책이 많아 읽고 싶은 책을 바로 못 읽는 게 아쉬웠는데 상호대차 서비스가 있다는 것을 알게 된 이후 독서의 폭이 더 넓어졌다. 관내 다른 도서관에서 책을 빌리고 반납할 수 있는 상호대차 서비스를 이용하면 가까운 도서관에 책이 없어도 다른 도서관에서 내가 이용하는 도서관으로 배달받아 대여할 수 있다. 우리 시의 열네 개 도서관이 참여하고 있으니, 내게는 열네 개의 도서관이 있는 셈이다. 책과 가까이 사는 것은 마음의 여유를 넓힌다. 언제든지 도서관에 가서 어떤 책이든 빌릴 수 있다는 게, 서점에서 신간을 훑어보며 요즘의 트렌드를 확인하고 우연한 명작을 찾아낼 수 있다는 게 든든하다.

산(山)세권 ★★★☆☆

나이를 먹으면서 점점 중요성을 깨닫는 곳 중 하나가 산이다. 대학생 시절 살았던 하숙집은 산, 하천, 산책로 등 운동하기 좋은 최적의 환경 조건을 다 갖추고 있었다. 그런데도 돗자리 깔고 막걸리 먹을 때 빼고는 한 번도 산에 오른 적이 없다. 요즘은 집 주변에 있는 야트막한 동네 산을 등산하는 습관이 생겼다. 안 좋은 체력에 뭐라도 해야겠다는 뒤늦은 결심 때문이기도 하고, 맘 먹으면 언제든 완등할 수 있는 만만한 산이어서 가능한 일이기도 하다.

목세권 (★★★☆☆)

집에 욕조가 있는 집이 얼마나 되며, 집에서 편하게 세신할 수 있는 사람이 얼마나 되겠는가. 직장 생활을 하며 오피스텔에 살던 시기에는 밤마다 사우나에 가는 게 습관이 됐었다. 정말이지 가까운 곳에 목욕탕이 있으면 삶의 질이 상승한다. 나의 모든 슬픔과 아픔과 고통과 눈물의 대서사시는 38도 열탕에 앉아 있을 때 이루어졌다. 할머니들이 달 목욕권을 끊는 이유도 이제야 이해가 간다.

코세권 (★★☆☆☆)

코인 노래방. 자세한 설명은 생략한다.

나열한 우선순위는 살아보고 나서야 내게 좋은 것을 뒤늦게 체득한 것에 가깝다. 지금 나의 상황, 나이, 거주 환경, 직장의 유무 등 특정 조건에 따라 결정된 우선순위이고, 언제든 바뀔 가능성이 있다. 경험해보고 난 이후에야 중요한 것을 알 수 있다는 교훈은 어쩌면 아직 내가 모르는 우선순위가 있을 거라는 짐작을 하게 한다.

한편으로 나는 어떤 상황에서도 어떻게든 적응하는 정신 승리의 능력이 뛰어난, 바퀴벌레적 면모를 가지고 있는 것은 아닐까. 나는 '이가 없으면 잇몸으로'의 정신을 거주에도 적극적으로 반영하며 살고 있다. 그런데 이런 자세는 더 나은 집을 찾아가는 과정의 지지대일까, 현실에 안주하고 끝내 좋은 취향을 향유하지 못하게 하는 걸림돌일까. 경험해봐야 내게 필요한 것이 무엇인지 알 수 있다는 것은 조금 서글프기도 하다.

주거 계급의 억울함은 잠깐 내려놓고 지금이라도 거주에 대한 우선순위를 알아간다는 것에 집중하기로 한다. 비록 눈뜨자마자 '한남더힐'에 살지 못하는 내 신세는 아쉽지만, 더딘 속도로 내게 맞는 게 뭔지 하나씩 알아가며 최적의 조건을 리스트업하는 것도 중요한 경험이 될 것이다.

집에 대해 생각하면 언제나 떠오르는 사람이 있다. 포르투를 여행하며 만난 민 사장님이다. 스페인과 포르투갈에서 여행 관련 사업을 하는 민 사장님의 집에 초대받아 갔을 때, 나는 부러움을 감추지 못했다. 포르투의 도루강이 보이는 명당에 위치한 방 세 개짜리 집이라니! 나는 그만 참지 못하고 세속적인 질문을 던지고야 말았다.

"선생님은 어떻게 도루강이 보이는 이런 좋은 집에 사실 수가 있어요?"

민 사장님 말씀이, 본인도 월세 몇백을 내고 있지만, 마음에 들어서 그냥 이곳을 선택했다고 했다. 우선 실행하고 나서 돈을 벌면 된다는 그 대담한 사고. 사업가적인 쾌녀의 면모가 나오는 전혀 다른 DNA를 가진 인물이라는 걸 보여줬지만 사실 그때 어떤 깨달음을 얻었다. 모든 것이 완벽하게 정해진 상황에서만 최적의 집을 구할 수 있다는 좁은 사고에서 벗어날 수 있게 됐달까. 이를테면 이런 태도다.

'더 큰 집이 좋다면 그 방향으로 나아가지 못할 이유가 무엇인가?'

주거에 대한 본질적인 질문이 아닐까 생각한다. 좋은 집이 나를 좋은 곳으로 데려다줄지 누가 알겠어? 고정관념을 걷고 취할 것과 버릴 것을 명확하게 구분하다 보면 꿈에 그리는 집에 사는 것이 영영 먼일만은 아닐 것이다.

실존주의자 선언

밀레니얼 세대의 라이프 스타일을 주거 관점으로 기록하는 『디렉토리 매거진』에서 인상적인 인터뷰를 본 적이 있다. 30대 중반의 예지 씨에게 인터뷰어는 "분수에 맞는 집"은 무엇인지 묻는다. 그는 이렇게 답했다.

"제가 이제 30대 중반이잖아요. 전전긍긍하면서 '이때쯤에는 전셋집이라도, 얼마 정도의 저축이라도 있어야지'라고 생각하는 게 싫었고, 직업이나 나이에 상관없이 주어진 제 형편에 알맞게 살고 싶었어요. 작은 집이면 어떻고, 낡은 집이면 어때요. 모든 조건에 부합하는 집을 찾기는 어렵잖아요. 분수에 맞는 삶을 산다는 건 자신에게 우선순위를 두는 것 같아요. 그래서 저는 지금 분수에 맞는 집을 선택했다고 봐요. 전에는 투룸에 살았으니 이사할 땐 스리룸으로 가야 한다고 생각했어요. 그런데 집값이 올랐고, 다른 지역으로 가는 건 싫으니, 독립된 마당이 있고 동물과 함께 살 수 있는 거로 만족하는 거죠."

이 나이쯤 되면 모은 돈이 얼마여야 하고, 은행에서 대출 가능한 신용한도는 어느 정도여야 하고, 독립할 거면 적어도 전셋집에는 살아야 한다는 식의 강박을 나도 갖고 있다.

하지만 예지 씨의 말처럼, 직업이나 나이에 상관없이 내가 원하는 우선순위에 맞는 집을 찾아가는 게 더 중요하지 않을까? 분수에 맞는 삶이라는 건 세속의 기준이 아니라, 나의 기준에 맞는 것이어야 하지 않을까? 그러니 중요한 것은, 양보할 수 없는 나만의 조건, 주거에 대한 개인의 가치관을 먼저 확고하게 세우는 것이 아닐까 한다.

생각해보면 학교도 안 다니고 직장도 없고 부모님 집에서 사는 지금이야말로 나만의 주거 가치관을 상상하기 좋은 때가 아닌가 하는 생각이 든다. 현재로서는 바퀴벌레 모드를 유지하는 수밖에 없지만 언젠가는 ○세권에 대한 고민이 진짜 쓸모 있을 때가 올 거라 꿈꾸며, 조금씩 ○세권의 우선순위를 조정해본다.

내 몸을 있는 그대로
사랑할 수 있기를

한창 여행을 하던 무렵, 외모 강박에 관한 책을 읽고, 몸의 정상과 비정상에 대한 사회적 억압에 대해 공부하며, 탈코르셋의 방향성에 대해 고민했다. 하지만 나는 그때 식욕억제제를 먹었다. 외모 강박 사회를 비판하면서도 나의 다이어트 욕구에 대한 미련을 쉽게 버리지 못하고 있었다. 심지어 퇴사 버킷리스트에 '세속적 아름다움을 떠나 나만의 아름다움을 찾자'는 다짐을 적고 한국 밖으로 긴 여행을 떠나왔으면서도 여전히 거기에 얽매여 있었던 것이다.

'청년 실업에 대해 이야기하는 거 중요하죠. 하지만 우선 제가 대기업에 들어가고 나서 얘기하면 안 될까요?'

나의 몸에 대한 성찰도 이런 식으로 미루게 된다.

'자기 몸을 사랑하는 게 제일 중요하죠. 하지만 우선 제가 마른 후에 그 얘기를 했으면 좋겠어요.'

꾸미지 않아도 괜찮은 '마른' 상태에서 탈코르셋을 하고 싶다고 생각한다.

사실 식욕억제제를 먹은 건 그때가 처음이 아니었다. 대학생 때 다이어트를 하기 위해 엄마가 먹던 식욕억제제를 빌려 먹은 적이 있다. 중년의 외모 강박은 젊은 세대 못지않다. 중년 여성들이 얼마나 미용 관리 샵을 자주 가는지! 눈썹 문신, 속눈썹 연장, 보톡스 등 여성의 외모 강박은 모든 세대를 아우른다. 어쨌든 그때 엄마의 약을 먹었을 땐 살이 잘도 빠졌다. 하지만 그 이후로는 손을 대지 않았었다. 약의 부작용이 꽤나 심했기 때문이다. 나의 경우, 식욕억제제를 먹으면 하루 종일 우울했다. 커피를 10리터 정도 마신 듯이 가슴이 뛰고 목이 마르고 하루 종일 쫓기는 기분에서 벗어날 수가 없었다. 식욕억제제의 부작용은 사람마다 다르게 나타난다.

그 불쾌한 기분을 잊고 있다가 오랜만에 먹었더니 부작용이 더 심하게 느껴졌다. 잠을 자고 싶은데 잠에 들지 못했다. 가슴이 두근거리고, 다른 것을 할 집중력은 없어서 유튜브나 트위터를 하루 종일 봤다. 기분이 바닥 끝까지 치달았다. 이를테면 누군가의 개그에 예의상이라도 웃어줄 기력마저 없어지는 기분이었다. 이렇게 약은 내 페르소나와 내면을 모두 망가트려버린다.

당시 나는 이 약이 나에게 매우 안 좋은 영향을 끼친다는 것을 알고 있으면서도 먹었다. 부작용을 알면서도 왜 먹었을까 곰곰이 생각해보니, 며칠간 미친 듯이 음식을 먹고 살이 찐 나의 모습에 자괴감을 느낀 데다, 외모 평가를 들었던 것이 원인인 것 같았다. 그런 건 보통 아주 가까운 주위 사람들로부터 듣게 되는데 나의 경우는 엄마였다. 엄마는 내게 전화로 "넌 여행 가면 살 뺄 거라더니 사진 보니까 여전하더라. 아니 더 찐 것 같은데?"라고 말했다.

우리 주변에서 이런 외모 평가는 매우 흔하다. 안부 인사로 "너 얼굴 좋아졌다?", "살 좀 쪘네?"라는 말을 아무렇지 않게 꺼내기도 한다. 가볍게 던진 이런 외모 평가는 조금씩 쌓여 사람들이 자신의 몸을 계속해서 대상화하게 만든다. 결국 혼자 있을 때도 우리는 자신을 끊임없이 모니터링하게 된다.

엄마야 아무렇지 않게 던진 말이겠지만, 나는 그 말을 듣고 이전 사진과 그 당시의 모습을 비교하며 내 몸이 어떤지, 살이 더 찌진 않았는지 강박적으로 체크하기 시작했다.

"건강 생각해서 하는 말"이라며 살을 빼라는 말을 아무렇지 않게 하는 경우가 꽤 많다. 하지만 심리학과 교수인 러네이 엥겔른에 따르면, 실제로 비만을 주제로 이루어진 모든 연구에서 뚱뚱함에 대한 수치심이 다이어트를 돕는다는 증거는 전혀 찾아볼 수 없다고 한다. 실질적으로는 그 반대다. 수치심은 오히려 신체 혐오만을 부추긴다.

"수치심을 느끼고 우울해질 때 침대에서 벌떡 일어나 동네를 한 바퀴 돌고 오트밀에 블루베리를 먹지는 않아요. 내 인생에 아무런 희망이 없다고 느끼기 때문에 던킨 도넛 가게로 향하죠. 수치심은 희망과 아무런 상관이 없어요." 그녀는 설명했다.

_ 러네이 엥겔른, 『거울 앞에서 너무 많은 시간을 보냈다』, 웅진
지식하우스, 116쪽

건강해지기 위해서가 아니라 아름다워 보이고 싶어서
살을 빼고 싶은 마음, 이상적인 타인의 몸과 나를 비교하며
내 몸을 바꾸려는 생각. 이 생각이 쉽게 사라지진 않을 것
이다. 그저 다시는 식욕억제제를 먹지 않으리라 다짐해볼
뿐이다. 약을 먹었을 때의 비참했던 기분을 생각하며, 자잘
한 외모 코르셋을 하나씩 천천히 벗어던지기를 바란다. 그
렇게 언젠가는 내 몸을 있는 그대로 사랑할 수 있기를 바랄
뿐이다.

이런 **외모 평가**는 매우 흔하다. 안부 인사로 "너 얼굴 좋아졌다?", "살 좀 쪘네?"라는 말을 **아무렇지 않게** 꺼내기도 한다.

가볍게 던진 이런 외모 평가는 조금씩 쌓여 사람들이 자신의 몸을 계속해서 **대상화**하게 만든다. 결국 혼자 있을 때도 자신을 끊임없이 **모니터링**하게 된다.

로그아웃에 실패했습니다

동남아를 여행한 지 석 달쯤 됐을 때 일이다. 익숙한 일
상 같은 여행에 무료함을 조금 느낄 때쯤, 무언가 재미있
는 것을 시도하고 싶었다. 그러다 피코 아이어의 〈고요한
명상의 예술(The art of stillness)〉이라는 제목의 TED 강연
영상을 보았다. 그는 이렇게 말한다.

"가속의 시대에서는 천천히 가는 것보다 흥분되는 것
은 없고, 주의 산만의 시대에서는 주의를 기울이는 것만큼
호사스러운 것이 없다. 끊임없는 움직임의 시대에서, 조용

히 앉아 명상하는 것만큼 긴급한 것은 없다."

　주의 산만함으로는 남부럽지 않은 나를 설레게 하는 말이었다. 비록 나는 핸드폰 사용 시간이 정해져 있다는 스티브 잡스의 자식들도 아니고 인터넷 안식일을 주기적으로 갖는다는 실리콘밸리 개발자들도 아니지만, 그들의 룰을 따라 디지털 디톡스를 해보자고 다짐했다. 하루 정도는 쉽지 않을까. 딱 하루만, 핸드폰, 맥북, 이북 리더기, 블루투스 스피커를 사용하지 않고 아날로그적 삶으로 돌아가볼 것.

　그런 마음으로, 24시간 동안 디지털 디톡스를 해보기로 마음먹었다. 디톡스는 인체에 축적된 유해물질을 해독하는 것을 일컫는 말로, 디지털 디톡스란 디지털 중독에 빠진 현대인들에 대한 처방으로서 디지털 기기의 사용을 중단하고 휴식을 취하는 요법을 의미한다.

　디지털 디톡스 데이를 무사히 보내기 위해서는 전날 미리 준비해야 할 것들이 있었다. 우선 기사 보기, TED 영상 보기 등 핸드폰과 컴퓨터로 하던 콘텐츠 탐색을 하지 못할 테니 그간 읽기를 게을리해온 종이책들을 준비해두었다. 또 우쿨렐레 연습을 하기 위해서 컴퓨터에 저장된 악보를 미리 수첩에 적어두어야 했다. 디톡스 후기를 수시로 적을 노트와 펜도 준비했다.

대망의 디지털 디톡스 데이 당일, 핸드폰은 잠시 베개 밑에 감춰두고 요리를 시작했다. 요리하는 동안엔 손을 분주히 움직여야 하니 시간을 잘 보낼 수 있었다. 노래를 들을 수 없다는 게 아쉽긴 했다. 그렇게 밥을 먹고, 우쿨렐레를 치고, 침대에 누워 5분간 명상을 했다. 그런데 두 시간도 안 돼서 빠르게 금단현상이 나타나기 시작했다. '트위터 한 번만 보고 싶다, 인스타그램 한 번만 보고 싶다….'

금단현상의 첫 번째 단계는 나를 욕하는 것이다.

'나는 핸드폰이랑 맥북을 할 때가 제일 행복한데 왜 이 딴 짓을 하겠다고 한 거야?'

두 번째 단계는 나를 설득하는 것이다.

'내가 세운 목표니까 내가 깨도 된다.'

'디지털 디톡스 안 한다고 세상 안 망해.'

세 번째 단계는 프로젝트 규칙을 변형하는 것이다.

'아예 안 하는 건 힘드니까 한 시간에 한 번씩 5분만 하는 건 어때?'

가장 참기 힘든 것은 트위터와 인스타그램이었다. 그

렇게 잠깐씩 핸드폰을 확인하다가, 결국 때려치웠다. 디지털 디톡스를 시작한 지 세 시간 만의 일이었다. 그렇게 다시 본 트위터엔 세상을 놀라게 할 만한 이야긴 없었다.

그날의 실패 이후, '나는 이렇게 생겨먹은 사람이야'라는 반쯤 포기한 상태로 디지털 디톡스를 다시 시도하지 않았다. 그러다 최근, 칼 뉴포트의 『디지털 미니멀리즘』을 읽고 왜 내가 디지털 디톡스에 실패할 수밖에 없었는지, 디지털 중독에서 벗어나기 어려운 이유가 무엇인지 알게 되었다.

> 소셜미디어 재벌들은 자신들이 더 나은 세상을 만드는 친근한 너드(nerd)인 척하지 말고 중독적인 제품을 아이들에게 파는 티셔츠 차림의 담배 장사꾼일 뿐임을 인정해야 합니다. 냉정하게 말해서 '좋아요'가 얼마나 되는지 확인하는 일은 새로운 흡연과 같으니까요.
>
> _ 칼 뉴포트, 『디지털 미니멀리즘』, 세종, 30쪽

별로 위안이 되지 않겠지만, 우리가 소셜미디어에 중독되는 것은 기업이 예민하게 설계한 결과다. 우리는 소셜미디어에 포스팅할 때마다 일종의 도박을 한다. 얼마나 '좋아요(혹은 하트, 리트윗)'를 받을지 알 수 없으며, 그 예측 불가능성 때문에 우리는 계속해서 소셜미디어 앱을 확인한다. 페이스북의 초대 대표인 숀 파커는 사용자의 도파민이 분비되어 시간과 주의를 최대한 많이 소비하도록 소셜미디어를 디자인한다고 밝힌 바 있다. 인스타그램의 수많은 기능-스토리, 둘러보기, 다이렉트 메시지-는 대표적인 예다.

이처럼 사용자의 시간과 주의를 뺏는 방식으로 교묘하게 설계된 소셜미디어를 모호한 의지만으로 벗어나기는 쉽지 않다. 디지털 기술과 적절한 거리를 가지고 내가 통제할 수 있는 범위 안에서 자유롭게 사용하기 위해서는, 현재 내가 무엇에 중독되어 있는지 명확한 진단을 내리는 것이 필요하다. 이를 위해 칼 뉴포트는 '디지털 미니멀리즘'이라는 철학을 제시한다. 이 철학을 따르는 디지털 미니멀리스트는 중요한 활동에 초점을 맞추고 다른 모든 활동은 기꺼이 놓친다.

나와 같은 디지털 중독자이자 핸드폰 바탕화면에 수많은 앱이 깔린 디지털 맥시멀리스트들은 칼 뉴포트의 제안에 이렇게 말할 것이다. "내게 유용할 수도 있는 것을 놓치면 어떡해요?" 하지만 유용한 것을 얻을지도 모른다는 불확실한 기대 때문에 수없이 소비되는 시간과 에너지의 총량을 생각해보면, '확실하게 유용한 일'을 하면서 사소한 편리를 기꺼이 놓치는 편이 더 적절한 태도가 아닐까 싶다.

물론 그런 태도를 갖기 위해서는, 먼저 나에게 무엇이 유용한지 성찰하고, 필수적이지 않은 부차적 기술을 분류하는 시간이 필요하다. '디지털 디톡스'가 단지 하루나 주말 정도 모든 디지털 기기를 끄고 잠시 도피하는 것이라면, 중요한 것에 초점을 맞추는 '디지털 정돈'은 디지털 미니멀리즘을 실행하기 위한 방식이며, 기존의 디지털 라이프를 전반적으로 개선하고 최적화하는 체질 개선 프로젝트다.

나 역시 나의 방식대로 디지털 미니멀리즘을 실행하는 중이다. 예전처럼 두꺼비집을 내리듯 모든 것을 차단하는 방식이 아니라, 내게 필요한 기술이 무엇인지 우선순위를 정하고 나만의 활용 규칙을 정했다. 예컨대, '인스타그램과 트위터는 핸드폰으로 하지 않고 노트북으로만 한다'는 식이다. 주도성을 잃지 않기 위한 장치나 철칙만으로도 우리는 기계의 중독성에서 조금 벗어날 수 있다.

주도적인 디지털 라이프를 위해 충분한 시간을 들여 최적화된 기술 사용 계획을 수립하는 '디지털 정돈'은 핸드폰에 중독된 현대인이라면 한 번쯤 시도해볼 만하다. 물론 나는 아직도 트위터와 인스타그램을 계속 사용한다. 다만, 나에게 도움이 되는 방식으로.

디지털 노마드를
체험하며 깨달은 것

하나의 트렌드처럼 유행하던 '디지털 노마드'는 퇴사 후 나의 목표였다. 여행하며 글을 쓰고 돈을 벌고 싶었다. 그렇게 1년의 긴 여행을 떠났다. 미얀마의 양곤, 태국의 치앙마이와 빠이, 포르투갈의 포르투와 리스본, 스페인의 마드리드와 세비야… 여러 나라의 여러 도시를 거쳤다. 어디에도 정착하지 않았지만, 어디든 나의 방인 것처럼 살았다. 호스텔의 다이닝 룸이나 치앙마이의 코워킹 스페이스에서 맥북 프로를 열었다. 타자를 두드리며 에스프레소를 마시는 내 모습은 그럴싸한 디지털 노마드였다. 그곳에서 나는 "나는 하루의 대부분을 카페에서 보냈다"라고 말한 프랑스의 사상가 사르트르를 떠올렸다.

그러나 그 당시 나의 '디지털 노마드'는 그저 무직의 상태를 포장할 허울 좋은 단어에 불과했다. 지속 가능한 디지털 노마드 생활을 위해서는 새로운 공간으로 떠나 정착하고, 생활을 유지하고, 다시 원할 때 이동할 수 있는 최소한의 자금이 필요하다. 그런데 내가 여행 중 번 수익은 내 여행비의 20퍼센트 정도만 충당할 수 있는 수준이었다. 여행 내내 이미 벌어놓은 돈을 축내며 생활해야 했으며, 가끔 돈이 들어오더라도 비정기적이어서 계획할 수 없었다. 엄밀히 말해 그 당시 나의 생활은 디지털 노마드가 아닌 '디지털 노마드 체험판'에 가까웠다.

그러나 디지털 노마드 체험판은 앞으로 어떤 삶을 어떻게 살아갈 것인지 고찰해볼 기회를 주었다. 이름하여 '삽질의 시간'이었다. 내가 가진 재능의 크기를 가늠하고 먹고사니즘을 치열하게 고민하는 것을 서른에 가까운 나이에 처음 해봤다. 완벽한 작업물 하나를 만들겠다는 부담감을 내려놓고, 이것저것 다 건들며 내 장점이 무엇인지 파악하는 시간을 갖는 데 집중했다. 돈을 벌든 벌지 못하든 '일을 한다'라는 감각을 느끼는 게 중요했다. 할당량을 조금씩 채워가고 있다는 리듬감, 여행과 작업을 유연하게 나누고 그 스케줄을 내가 통제할 수 있다는 감각은 일상에 생기를 줬다.

돈을 생각하지 않고 해야 할 것을 하나씩 하니 점점 나를 설명하는 것들이 쌓여갔다. 그리고 여행의 어떤 지점을 지나면서 내가 쌓아온 것들은 정말 기회가 되었다. 책을 계약하고 그 계약금으로 다음 나라의 항공편을 예매하기도 했고, 어떤 날은 통 크게 비싼 파인 다이닝 레스토랑에서 세 시간 만찬을 즐기고 나오기도 했다. 평생 이렇게 해외를 떠돌며 글을 쓰고, 수익을 창출하며 돌아다닐 수도 있겠다는 생각도 했다. 마음만 먹으면 그럴 수 있다는 자신감도 쌓였다. 디지털 노마드 체험판이 선사한 자신감이었다.

그런데 나는 체험판을 통해 내가 조직 생활을 원한다는 중요한 정보도 깨닫게 되었다. 여럿이서 하나의 목표를 향해 달려나가는 과정에서 기쁨을 느끼는 사람이라는 것을 알게 된 것이다. 또한 미래의 근무 방식에 대한 인사이트도 덤으로 얻었다. 한국과 시차가 다른 나라에서 다양한 사람들과 크고 작은 업무를 비동기 커뮤니케이션(즉시 답장이 오지 않는 것을 전제로 하는 커뮤니케이션)으로 진행한 나는, 원격 근무를 잘하는 사람은 조직 생활도 잘할 수밖에 없다는 것을 알았다. 전화로 구구절절하게 설명할 내용을 메일로 간략하게 정리하고, 두세 번 주고받을 메일을 한 번에 끝낼 수 있도록 텍스트로 지시하고, 서로의 요청을 늦지 않게 정기적으로 확인하는 작업. 이건 비단 원격 근무에만 필요한 덕목은 아니다. 디지털 노마드 체험판은 "어떤 방식으로 일하고 싶은가?"라는 질문에 대답할 기회를 주었다.

자잘한 성공에서 비롯된 자신감, 나에게 기회를 주는 관대함. 이 두 가지가 맞물리며 불안한 와중에도 확신이 생겼다. 내가 좋아하는 게 무엇인지에 대한 확신이었다. 1년간 여행하며 원 없이 글을 쓰는 과정은 '자신감'과 '관대함'의 선순환이 이뤄지는 기회였다. 글을 쓸 시간이 생기니 열심히 썼고, 자신감이 생기고, 결과물이 생기고, 그 결과물이 또 다른 기회를 가져다줬다. 생각해보니 그전까지는 나에게 관대한 시간을 준 적이 없었다. 그러니 좋아하는 게 뭔지도 모를 수밖에. 디지털 노마드 체험판은 나를 알아가기에 가장 적절한 '삽질의 시간'이었다.

　물론 이 세상과 취업 시장은 내가 쉬는 것을 기다려주지 않는다. 냉혹한 취업 시장에서 나의 가치는 내가 쉬는 개월 수에 따라 수직 하락한다. 그래도 우리에게는 나의 커리어와 삶의 가치관이 지닌 의미를 조정할 체험판의 시기가 필요하지 않을까. 그게 꼭 거창하게 1년간 해외를 돌아다니는 방법은 아닐지라도. 지금의 일을 평생 할 자신이 없는 사람이라면, 과연 내게 어떤 능력이 있는 걸까 알아볼 여유조차 가져본 경험이 없는 사람이라면, 디지털 노마드 체험판은 인생 전체를 두고 봤을 때 그렇게 손해 보는 장사는 아닐지도 모른다.

마음을 전하는 적절한 타이밍

트위터에서 이런 조언을 봤다.

"칭찬 민원을 꼭 남겨보세요."

한 트위터 유저는 친절한 백화점 직원 덕분에 하루 종일 기분이 좋아 백화점 사이트에 들어가 해당 직원을 칭찬하는 글을 남겼다고 한다. 나중에 다시 그곳에 갔을 때 직원분이 엄청 좋아하는 걸 보고, 그 이후로 그 트위터 유저는 좋은 것은 꼭 좋다고 고객의 소리를 남기는 습관이 생겼다고 했다.

따뜻하고 어른스러운 사람의 습관이었다. 굳이 시간을 내어 감사의 뜻을 전달하려는 마음. 타인의 친절과 배려를 당연하게 생각하지 않는 사람, 작은 행동으로 삶을 더 좋게 만드는 비결을 아는 사람이라 가능한 행동 같았다. 내 쓸모가 꼭 남의 평가에서 오는 것은 아니지만, 예상치 못했던 따뜻한 말은 엄청난 위안이 되니까.

그의 트윗을 보고 왠지 나도 고객의 소리 사이트에 감사의 말을 남기고 싶어졌다. 제일 먼저 떠오르는 사람이 있었다. 최근 1년간 가장 자주 간, 집 근처 투썸플레이스의 직원이다. 그 카페는 집을 제외하고 내가 제일 오랜 시간을 보내는 장소다. 내 신용카드의 지출 1위를 달성한 카페이기도 하다. 그 직원분은 친절하고 균형 잡힌 서비스의 질을 항상 유지하는 분이었다. 지금이 기회라고 생각했다.

투썸플레이스의 홈페이지에 접속했다. '고객의 소리'를 클릭하고 '칭찬 메뉴'로 들어갔다. 간단하게 쓸 수 있을 줄 알았는데 본인인증을 하고 실명과 핸드폰 번호도 필수로 남겨야 했다. '내 이름을 남겨야 한다고?' 그제야 그 직원의 이름을 모른다는 사실도 생각났다. 매장과 직원 이름을 정확히 남겨야 그분에게도 감사의 메시지가 전달될 테니. 하지만 내가 그 매장을 좋아하는 이유는 바로 '익명성'에 있었다. 1년간 매일 출석 체크를 하듯 가도 서로 이름 하나 모른다는 것. 그게 핵심이었다.

자주 가도 단골이 되지 않는 것, 더도 덜도 없이 언제 가도 똑같은 서비스를 받는 것. 내가 프랜차이즈 카페를 좋아하는 이유다. 눈에 익고, 이름을 알고, 직업을 알고, 사생활의 접점이 닿는 순간 신경 쓰게 되는 관계는 부담스럽다. 친절을 받은 만큼 나 역시 그만큼의 고마움을 돌려줘야 한다고 생각하는, 상호적 배려의 기준이 높은 어쩔 수 없이 파편화된 현대인이라 그런 것일 수도 있다.

그래도 나는 그 정도가 딱 좋다. 1년간 매일 가도 꼭 "아이스 시그니처 라테 주세요. M포인트 사용해주세요"라고 구구절절 말하는 나나, 가끔 시그니처 라테 전용 아로마 원두가 없을 때 "오늘은 해당 원두가 없는데 다른 원두로 같은 메뉴 만들어드릴까요?"라고 그제야 아는 척하는 직원 정도의 거리. 고객이나 직원이나, 아무래도 서로 적정 거리를 유지하는 편이 낫지 않나.

만약 내가 그 직원의 이름을 알아 와서 고객의 소리를 적는다면 어떻게 될까? 아마 그게 나라는 걸 알게 될 것이고, 그도 내 실명을 알게 될 것이다. 어쩌면 뭐라도 표시해야겠다는 강박 때문에 전에 없던 인사를 하거나 올 때마다 서로 짙은 눈인사를 하게 될지도 모른다. 그런 부담이 느껴지면 나는 아마 서서히 그곳에 가지 않게 될 것이다. 생각이 거기에 이르자, 결국 웹사이트 창을 닫아야만 했다.

마음을 전하는 적절한 타이밍에 대해 생각해본다. 퇴사하고 긴 여행을 떠나기 전, 오피스텔 1층의 편의점 사장님에게 처음으로 길게 인사를 드린 적이 있다. 그곳에 사는 2년 동안 나의 하루 루틴과 취향까지 모조리 파악한 사람은 어쩌면 그분이었을지도 모른다. 사장님은 매일 6시에 바리스타 커피를 사던 나를 회상하며 "이제 늦게 일어나도 되겠네요, 여행 잘하고 와요"라고 말했다. 친밀한 사람이든, 출퇴근 시간에 1~2분만 보는 사람이든, 송별의 순간이야말로 하지 못한 말을 전하기 가장 적절하다.

그러니까 굳이 지금 당장 '칭찬을 하자'는 좋은 의도에 취해 억지로 글을 남길 필요는 없을 것 같다는 말이다. 언젠가 이 카페를 오지 않게 될 때, 그 순간을 위해 아껴두어도 될 것이다. 오랫동안 쌓인 고마움이라면, 충분히 시간을 들여 적절한 타이밍을 기다렸다가 전하는 것도 괜찮지 않을까.

"내가 주는 마음보다 그가 받는 마음을 더 중심에 두는 것."『잃었지만 잊지 않은 것들』이라는 책에서 본 이 문장처럼 감사의 마음을 받고도 그 직원분이 불편해지지 않을 그런 타이밍을 기다려본다.

애매한 콘텐츠는
거부합니다

　나는 현재 OTT(Over The Top, 인터넷을 통해 미디어 콘텐츠를 볼 수 있는 플랫폼) 서비스로 넷플릭스와 왓챠 플레이, 그리고 가족과 함께 웨이브와 티빙을 구독 중이다. 음악은 한때 애플 뮤직, 지니 뮤직을 전전하다 지금은 유튜브 프리미엄을 사용한다. 무료로 구독한 뉴스레터도 열댓 개가 넘는다. 그래서 내가 이걸 다 보냐고? 전혀. 손도 못 대는 것이 더 많다.

　프리랜서 생활을 하며 누구보다 시간이 넘치는 나날을

보내고 있을 때도, 나는 항상 시간이 부족하다고 느꼈다. 평균 아이폰 사용 시간이 하루 아홉 시간에 육박하는 나지만 사놓고 시작도 못 한 전자책이 100권이 넘는다. 그 와중에도 리디북스 전자책 월정액 서비스와 시사인 전자책 구독을 고민하는 나는 중증의 콘텐츠 중독자다. 결국, 슬슬 안 보는 콘텐츠가 생기기 시작했다. 구독 경제의 초창기엔 다양한 콘텐츠를 즐기기에 여념이 없었지만, 몰아치는 쓰나미에 하나씩 해지하기 시작한 것이다.

요즘 구독 서비스의 가입률이 떨어지는 이유가 사람들에게 시간이 없기 때문이라고 한다. 시간은 한정되어 있는데, 읽어야 하는 건 점점 많아지니 당연한 결과일 것이다. 시간이 생겨도 매달 콘텐츠가 홍수처럼 밀려오기 때문에 봐야 할 콘텐츠가 이자 복리처럼 쌓인다. 이번 달 안에 읽지 않으면 안 되거나, 보기 위해선 계속 돈을 내야 한다. 그런데 현재 내가 구독하는 모든 콘텐츠는 과연 내가 돈과 시간을 들여서 볼 만한 가치가 있을까?

구독 서비스의 초창기 목적은 '콘텐츠의 큐레이션'에 있지 않았나 생각한다. 시간이 없는 현대인들이 정보를 찾아 헤맬 시간을 줄여주고, 압축된 큐레이션으로 정제된 콘텐츠를 보여주는 것이다. 경영과 마케팅, 트렌드에 관심 있는 사람은 퍼블리를, 뉴스처럼 시의성 있는 지식 콘텐츠를 찾는 사람은 북저널리즘이나 뉴닉을 구독한다. 그런데 이젠 그 큐레이션 된 콘텐츠마저도 너무 많아 '큐레이션의 큐레이션'이 필요할 지경이다. 구독 서비스 범람의 시대에 '선택과 정리'는 다시 독자의 몫이 되었다.

콘텐츠의 양도 문제지만, 콘텐츠를 받아들이는 채널의 수도 독자 입장에서는 산발적이다. 네이버 뉴스도 들어갔다가, 즐겨찾기한 언론사 사이트와 블로그에도 들어가고, 핀치나 브런치 같은 개별적인 플랫폼 사이트, 페이스북, 브이앱, TED 등 하루에도 수많은 채널에 접속한다. 가끔은 내가 돈을 지불했음에도 그 플랫폼의 존재 자체를 까먹기도 한다. 메일함을 사용하는 뉴스레터는 구독자와 가장 직접적으로 연결된다. 하지만 그만큼 쉽게 패스하고 넘어갈 수 있다. '안 읽은 메일' 표시가 거슬릴 때 한꺼번에 '읽음' 처리를 하고 넘어간 적이 한두 번이 아니다. 솔직히 말하면 조금 피곤하다는 생각도 한다.

이런 과정을 거치며 구독자들은 하나씩 정기구독을 해

지하고 있다. 독자의 시간과 데이터 사용량은 제한되어 있고, 매달 콘텐츠에 투자 가능한 돈도 마지노선이 있을 것이다. 요컨대 구독 범람의 시대에서는 좋은 콘텐츠만 살아남게 될 것이다. 그렇다면, 바쁜 현대인이 해지하지 않을 만한 좋은 콘텐츠는 무엇일까.

뭐가 좋은 콘텐츠인지 나라고 어떻게 알겠냐마는, 적어도 내가 앞으로 해지할 일이 없어 보이는 콘텐츠의 특징을 세 가지로 정리해보려고 한다.

1. 취향 저격, 대체 불가능한 콘텐츠 큐레이션

사실상 내가 스탠드업 코미디를 볼 수 있는 유일한 플랫폼은 넷플릭스와 유튜브다. 게다가 여성 스탠드업 코미디를 꽤 괜찮은 번역으로 보고 싶다면? 내 선택지는 넷플릭스밖에 없다. 〈해나 개즈비: 나의 이야기〉나 〈앨리 웡: 베이비 코브라〉, 〈크리스테라 알론소: 유리천장 깨는 여자〉, 〈지금 웃기러 갑니다〉, 〈엘렌 디제너레스: 공감 능력자〉 등 다양한 정체성을 가진 여성 코미디언이 직진하는 강렬한 코미디를 나는 대부분 넷플릭스에서 접했다.

넷플릭스는 이렇게 내 관심사를 완벽하게 파악하면서도, 다른 곳에서는 구할 수 없는 대체 불가능한 콘텐츠를 제공한다. 이곳이 아니면 접하기 어려우면서, 내 취향에 딱 맞는 콘텐츠를 추천하는 곳. 나는 스탠드업 코미디 때문에라도 넷플릭스를 해지할 일은 없을 것 같다.

2. 내 가치관을 견고하게 만들어줄 깊고 진한 콘텐츠

꽤나 많은 기사와 칼럼을 다양한 채널을 통해서 보는 편이다. 하지만 어떤 글을 읽기 전후의 내가 바뀌었다고 느낄 법한, 내 세계를 뒤흔드는 글을 만나기란 쉽지 않다. 나는 여성 생활 미디어 '핀치'에서 그런 기획 시리즈를 꽤 자주 접했다.

〈여성 시인 길어올리기〉 시리즈를 통해서는 정한아, 김이듬, 진은영 시인의 인터뷰를 보고, 그들의 시 세계는 물론이고 여성 작가이자 인간으로 살아가는 삶과 태도에 대해 배웠다. 〈핀치×헤이메이트: 2018년 여성 엔터테인먼트 특집〉을 통해서는 영화, 드라마, 예능, 케이팝 등 대중문화 전반을 여성주의의 시각으로 재해석하고 더 나은 미디어를 소비하고 생산해나가는 방법에 대해서 알게 되었다. 이런 콘텐츠는 그저 '돈값 하는' 콘텐츠로 부르기에 부족하다. 핀치는 내가 필요한 지도 몰랐으나 내게 필요했던 콘텐츠를 제공한다. 세계에 대한 깊은 전문성과 날카로운 시선으로 독자를 더 나은 사람으로 만드는 통찰력 있는 콘텐츠. 이런 콘텐츠를 볼 수 있다면 월 구독료 9,900원이 아깝지 않다. 아쉬운 점은 이제 '핀치'에서 새로운 콘텐츠를 보긴 힘들어졌다는 점이다. 2020년 6월 부로 서비스가 종료되었기 때문이다. 여러 가지 내부 사정이 있었겠지만, 핀치의 콘텐츠를 사랑했던 구독자로서는 후회될 뿐이다. 내가 사랑하는 콘텐츠가 더 유명해지도록 떠들고 다니지 못한 것이.

3. 무한한 덕질의 세계를 가속화시켜줄 콘텐츠

한때 나는 방탄소년단 팬이었다. 유튜브에는 무료로 볼 수 있는 방탄소년단의 콘텐츠가 무궁무진하다. 그런데도 매달 네이버 브이라이브의 방탄소년단 멤버십을 결제했었다. 멤버십 팬에게만 제공되는 사진과 비하인드 스토리를 볼 수 있었기 때문이다(지금은 빅히트가 출시한 자체 팬 커뮤니티 플랫폼 위버스에서 이 멤버십 서비스를 제공한다). NCT를 좋아했을 때는 SM의 '버블' 서비스를 정기 구독했다. 버블은 아티스트와 프라이빗 한 느낌으로 메시지를 주고받을 수 있는 서비스다.

내가 멤버십 서비스에 돈을 내는 이유는 팬덤과 같이 달려야 하기 때문이다. 덕질의 미학은 혼자 떠드는 게 아니라 팬덤 안에서 실시간으로 함께하는 '같이 달리기'에 있다. 팬들이 다 콘서트 생방을 달리는데 나만 안 볼 수는 없다. 다들 굿즈를 사는데 나만 안 살 수 없다. 나 같은 경우는 그 대상이 아이돌이지만, 누군가에게 는 야구, 드라마, 애니 등일 수 있을 것이다.

비슷한 애정을 공유하는 사람들이 모인 팬덤이라는 공 동체 안에서, 그 커뮤니티 안에서 실시간으로 소통하 는 묘미는 덕질을 해본 사람만 안다. 비록 엔터테인먼 트 산업의 호구가 되었다고 느낄지언정, 방탄을 아미 와 함께 볼 때 나는 행복했다.

이제 나는 단순히 정보를 취합하거나, 시장의 흐름을 알려주는 정도에서 그치는 콘텐츠에는 관심 없다. 내가 원하는 건 취향을 저격하고 시야를 확장해줄 대체 불가능한 콘텐츠, 내 가치관을 튼튼하게 다져줄 전문성과 통찰력을 갖춘 콘텐츠, 혹은 공동의 취향을 가진 사람끼리 커뮤니티를 이뤄 재미를 찾을 수 있는 콘텐츠다.

즉, 나는 '당신이 아마 좋아할 것 같아요' 정도의 큐레이션이 아니라, '니가 좋아 죽을 수밖에 없을걸?'과 같은 콘텐츠를 원한다. 나에게 딱 맞는 콘텐츠에는 앞으로도 기꺼이 돈을 투자할 수 있다. 애매한 콘텐츠에 시간을 쏟기에 나는 이미 너무 많은 돈을 허공에 뿌리고 있으니까.

지금까지 책을
잘못 읽고 있었다

    얼마 전 한국어 자격증 취득을 위해 오랜만에 문제집을 샀다. 그때만 해도 나는 이 자격증을 과소평가하고 있었다. 5년 전쯤 같은 시험을 치렀을 때 꽤 괜찮은 점수를 얻은 기억 때문이다. 하지만 오랜만에 펼친 문제집의 난이도에 당황했다. 어휘와 어법이 부족한 것은 둘째 치고, 읽기 영역을 한 번에 풀어나갈 집중력마저 사라진 상태였다. 모국어에 대한 자신감이 현저하게 떨어진 순간이었다.

    내가 시험을 낙관한 데에는 나름의 이유가 있었다. 대

학을 졸업한 이후에도 책을 꾸준히 많이 읽는 것에 약간의 자부심이 있었다. 하지만 지금 나의 읽기는 어떠한가. 시험 시간 120분 동안 집중하기가 세상에서 제일 어렵다. 자격증 시험이 내 읽기 습관을 판단하는 전부가 될 순 없지만, 현재의 나를 진단하기에는 충분했다. 5년 사이 나에겐 어떤 일이 벌어진 것일까. 나는 내가 책을 잘못 읽어왔다는 것을 인정해야 했다.

퇴사 후 시간이 많아진 만큼 많은 책을 읽었다. 그러나 나는 내 가치관에 부합하는 책들만 읽고 있었다. 공부하면 할수록 나의 의견이 분명해졌고, 뚜렷해진 취향만큼 독서의 취향도 좁아졌다. 문제는 다양한 주장이 담긴 책을 읽을 때도 내가 동의하지 않거나 필요하지 않은 부분은 넘겨가며 읽었다는 점이다. 기계적 속독(速讀)이었다. 그저 빨리, 많이 읽는 게 중요했다. 결국 나는 편견을 강화하는 읽기, 효용만을 따지는 독서를 하고 있었다.

일본의 대표적인 현대 소설가 히라노 게이치로는 그의 저서 『책을 읽는 방법』에서 속독의 문제를 지적한다. 속독술은 눈으로 문장을 좇아가며 의미를 유추하는 것이 아니라, 나열된 단어를 스치듯 눈이 새기는 것에 불과하다. 의식적으로 생각하며 읽지 않고 무의식적으로 정보를 훑는 방식으로는 작가가 말하고자 하는 의도를 파악할 수 없다. 그의 책에 따르면 그런 읽기는 "그저 자기 자신의 마음속을 비추어 보고 있는 것에 지나지 않는"다.

> 그러한 독서법이 지속된다면, 책을 많이 읽으면 읽을수록 자신의 닫힌 사고만 반복되어, 시야가 넓어지기는커녕 오히려 점점 더 편협해질 것이다.
>
> _ 히라노 게이치로, 『책을 읽는 방법』, 문학동네, 39쪽

속독의 가장 큰 문제는 '노이즈'를 생략한다는 점에 있다. 히라노 게이치로의 말에 의하면 소설을 소설답게 만들어주는 것이 노이즈다. 노이즈란 플롯 아래에 숨겨진 섬세한 상황 묘사와 풍부한 감정 표현, 잘 살펴봐야 찾을 수 있는 미세한 디테일이다. 플롯에만 관심 있는 사람들은 노이즈를 생략하고 단숨에 속독한 뒤, 책 한 권을 다 읽었다고 뿌듯해한다. 과연 이게 책을 잘 읽는 방법일까?

손가락으로 스크롤하며 읽어나가는 스마트폰에서는

노이즈를 생략하기가 더 쉽다. 배경지식을 이해하기 위한 시간을 기꺼이 들이고, 다 똑같아 보이는 외국 이름들을 노트에 적어가며 읽고, 이해가 되지 않는 대사는 다시 돌아가 읽고, 작가가 이 장면을 이렇게 묘사한 이유에 대해 고민하는 것, 광범위한 텍스트 속 디테일을 항해하는 것, 읽기의 묘미는 이런 노이즈에 있다. 하지만 '스크롤 훑기'의 방식에서 노이즈는 모두 증발해버리고 만다.

그래서 나는 히라노 게이치로가 추천한 '슬로 리딩'을 하기로 마음먹었다. 좋은 책을 존중하는 마음으로 작가의 의도를 파악하며 천천히 문장 하나하나를 탐색하며 읽는 것이다. 그런 사람에게 완독한 책의 권수는 큰 의미가 없다. 삼권분립을 주장한 사상가 몽테스키외는 그의 저서 『법의 정신』을 20년에 걸쳐 완성했다. 이를 두고 스위스의 유명한 비평가인 장 스타로뱅스키는 『법의 정신』을 붉은 보르도 와인에 비유했다. 누구도 최상의 보르도 와인을 단숨에 마셔버리지 않을 것이다. 중요한 것은 『법의 정신』과 같은 좋은 책을 단숨에 들이켜지 않는 자세다. 슬로 리딩의 습관이 축적된 자는 좋은 책을 알아보는 안목이 생기니, 많은 책을 읽을 필요도 줄어든다.

물론 요즘 시대에 슬로 리딩만을 강조하는 것은 시대 착오적으로 보일지도 모른다. 요즘 초등학생들은 인쇄매체 읽기와 쓰기의 필요성 자체를 낮게 보고 있다고 한다. 전자매체로 텍스트를 접하는 것이 일상인 시대에 종이책을 통한 독해력만을 측정하는 것은 부적절하다. 하지만 아날로그 매체의 읽기 능력이 부족한 상황에서는 디지털 매체의 읽기 능력도 하락할 수밖에 없다. 슬로 리딩은 독서의 양이나 속도에 집중하지 않고 질에 집중한 독서, 속독이 아닌 묵독(默讀, silent reading)이다. 새로운 텍스트 시대에 맞는 읽기·쓰기 방식을 배양하고 측정하는 기준이 필요하겠지만, 슬로 리딩의 기술은 기본적으로 저자의 의도를 제대로 파악하고 충분히 사색하기 위해 문명인 모두에게 필요한 능력이다.

히라노 게이치로는 오독에도 종류가 있다고 말했다. 말뜻을 잘못 이해하거나 논리를 파악하지 못하는 것은 '빈곤한 오독'이지만, 슬로 리딩을 통해 심사숙고한 끝에 작가의 의도 이상으로 깊은 내용을 찾아내는 것은 '풍요로운 오독'이다. 우리는 풍요로운 오독을 할 수 있어야 한다. 그간 나는 빈곤한 오독을 해오지 않았나 돌이켜본다. 잘 읽는다는 것은 다독(多讀)이 아니라 다상량(多商量), 많이 생각하는 것이라는 걸 되새긴다.

당신은 어떤 질문을
가지고 있나요

스페인 여행을 할 때 마드리드의 식당에서 한국인 여성분과 우연히 식사를 함께 한 적이 있다. 미국에서 박사과정 중이라던 그분은 마드리드에 잠시 출장을 왔다고 했다. 매일 혼자 먹느라 심심하던 차에 우리는 반가운 마음으로 테이블 바 의자를 당겨 앉고 상그리아와 이베리코 스테이크를 먹었다. 어느 미술관을 다녀왔는지, 어떤 여행을 하고 있는지, 무슨 일을 하는지 이런저런 이야기를 편하게 나누는 와중에 그분이 나에게 낯선 질문을 하나 던졌다.

"○○ 씨는 행복이 뭐라고 생각해요?"

예상치 못한 질문에 "첫 만남에 이런 질문을 하시다니요!" 하며 웃으며 당황해하는 내게 그분은 이 말을 덧붙였다.

"저는 요즘 행복이 뭔지 잘 모르겠어서, 사람들한테 물어보고 다녀요."

이 질문을 듣고 행복이란 무엇인지 잠시 숨을 고르고 떠올려야만 했다. 그리고는 머릿속을 뒤적거리며 단어와 문장을 조각조각 찾아 그분에게 날것 그대로를 늘어놓았다. 그때 내가 뭐라고 했더라. 대략 이런 말이었다. 내게 행복한 삶은, 경계를 무너트리는 삶이다. 내 안의 경계, 나와 타인과의 경계, 마이너리티의 경계….

처음 질문을 받고는 당황했지만, 이후에는 이 질문만을 기다린 사람처럼 즐겁게 대화를 나눴던 것 같다. 당시나는 생에 있어 자아 성찰을 가장 많이 하던 때였다. 혼자있을 때 가장 많이 생각하는 것도 '행복'과 '늙음'에 대해서였다. 하지만 어쩐지 이런 주제는 친한 사람과 있을 때 쉽게 꺼내기 힘들어서 타인과 대화할 기회는 흔치 않았다.

그분과는 다시 만날 사이가 아니었기에 더 솔직하게

이야기를 나눌 수 있었다. 나의 학벌, 직장, 연봉, 집, 가족…, 이런 삶의 세속적인 프로필을 모르는 사람과는 불필요한 정보는 생략하고 이상적인 관념에만 집중할 수 있다. 적절한 답변을 생각하기 위해 정리하고 발화하면서 내가 생각하는 행복도 정리되어갔다. 그렇게 우린 행복에 대해 많은 이야기를 하고 헤어졌다.

"당신의 행복은 무엇인가요?"

이런 질문은 바쁜 현실에서는 뜬구름 같은 소리나 오글거리는 소리로 치부되기 십상이다. 나 역시 현실에 치여 내면에 대한 질문을 보통 잊고 살지만, 본격적인 자아 진단을 할 기회가 정기적으로 찾아온다. 서울대 행복연구센터 종단연구의 참여 대상인 덕분이다.

종단연구란 시간에 따른 변화를 조사하여 현상의 원인을 규명하는 연구 방법이다. 대표적인 사례인 '하버드대학교 성인발달연구'는 하버드생 268명을 1937년부터 지금까지 추적하고 있는데, 성인의 발달과 성장에 관한 최장기 전향적 종단연구로 꼽힌다. 서울대 행복연구센터는 이 연구를 모델로 삼아 한국인에게 권장할 만한 행복의 비결을 탐색하는 'SNU 행복종단연구'를 2010년부터 진행하고 있다. 50년 이상 지속되는 이 연구는 참가자들에게 1~2년 간격으로 연락해 설문을 진행하며, 참가자 개개인의 여러 인생 영역에서 방대한 지표를 수집하고 분석한다. 나에게는 한 해를 반추하는 자가 질문 키트가 50년 동안 주어진 셈이다.

정신없이 하루하루를 살아가다가도 행복연구센터에서 메일이 오면 벌써 이렇게 한 해가 지나갔음을 알아차린다. 두 시간 넘게 행복과 성격 변인에 대한 수백 개의 질문에 대답하다 보면 내가 어떻게 살아왔는지 깨닫고, 이렇게 계속 살아가도 괜찮을까 싶어 현타에 빠지기도 한다. 그러나 이러한 자가 진단은 잠시 복잡한 삶에서 멀리 떨어져 나 자신을 객관적으로 진단하는 효과적인 툴이 되어준다.

하지만 진단 자체가 나를 행복하게 만들어주지는 않는다. '나 잘 살고 있는 것 맞나?'라는 현타에서 벗어나 행복한 삶을 만들기 위해서는 직접 내게 질문하는 시간이 필요하다. 이를테면 나는 '안정된 결혼생활' 없이 비혼주의자로 느슨한 관계망을 맺으며 행복한 노년을 준비하고 싶다. 나에게는 나만의 행복을 위한 종단연구, 새로운 설문지가 필요하다.

내 인생을 관통할 어떤 질문에 대해서 생각해본다. 행복한 사람은 "당신은 행복한가요?"라는 질문에 10점을 주는 사람일까? 실제로는 불행한데 자신은 행복하다(행복해야만 한다)고 최면을 거는 사람이 있지는 않을까? 내 삶에서 중요한 것이 무엇인지 진지하게 고민하고, 이를 실현하기 위해 노력하는 사람이야말로 진정한 의미의 행복한 사람일 확률이 높다. 따라서 내 행복에 점수를 매기기 전에 "행복이란 무엇인가요?"라고 질문을 던지는 정교한 과정이 필요하다. 삶이란 고구마 줄기처럼 옆으로 쭉쭉 뻗어가는 선문답의 연속이다.

SNU 행복종단연구를 맡고 있는 서울대 최인철 교수는 누구에게나 자신만의 '시그니처 질문'이 있다고 말한다. 제자에게 "아파트, 차, 컴퓨터가 있니?"라고 물어보는 지도교수에게 중요한 것은 경제적 지위고, "밥은 먹었니?"라고 질문하는 어머니에게 중요한 것은 자식의 끼니다. 역설적으로 이런 질문은 개인의 존재 이유를 보여준다.

그렇다면 한국 사회는 어떤 질문을 갖고 있을까? 우리는 경제적 풍요와 사회적 지위에 대한 질문에 매몰되어 내면에 대한 질문은 외면해오지 않았는가? 최인철 교수는 이제 실종된 질문, 내면을 향한 질문을 자신에게 던져야 할 때라고 강조한다.

"당신은 어떻게 늙고 싶나요?"

이건 나만의 시그니처 질문이다. 이 질문은 어떻게 늙겠다는 과정에 대한 자세와 이상적인 노년의 최종 지향점이라는 두 가지 함의를 포함하고 있다. 퇴사를 앞두고 좋아하는 어른들에게 가장 많이 물어보고 다닌 질문이기도 하다. 이 질문은 삶이 힘들거나 선택의 순간이 닥칠 때 내 안에서 슬쩍 고개를 쳐든다.

'이렇게 살아도 괜찮겠어? 어떻게 살래? 아니, 너 어떻게 늙을래?'

철학자 데이비드 벨레만에 따르면, 우리가 과거 인생을 돌아보며 구축한 가상의 자아는 삶의 일관성을 유지하기 위해 미래의 우리 선택에 영향을 미칠 수 있다고 한다. 내가 원하는 행복과 자아를 설계하기 위해 질문하고 그에 맞춰 자신의 서사를 만들어간다면, 상상 속의 자아는 실재가 된다. 자기 서사에 일관성과 정합성을 부여하고자 하는 우리의 이기적인 본능 때문일지라도 말이다. 아주 흔한 비유이긴 하지만, 적절한 시기의 적절한 질문은 삶의 나침반이 되어준다.

어쩌면 나의 인생이란 질문의 답을 적고, 지우고, 수정하는 지난한 과정의 연속일지도 모르겠다. 답은 항상 바뀌더라도 내 안에 늘 질문을 가지고 있기만을 바랄 뿐이다. 그래서 묻는다.

"당신은 어떤 질문을 가지고 있나요?"

이런 비혼 생활을 꿈꾼다

세상의 이치를 조금 알 것 같다고 느낄 무렵, 느닷없이 죽음을 마주했다. 아빠가 갑작스럽게 세상을 떠나셨다. 장례식장에서 우리 바로 옆 분향소의 전광판에는 자식, 손자, 사위의 이름이 빼곡하게 적혀 있었다. 그에 비해 우리 분향소 전광판에는 엄마, 나, 여동생 딱 세 명의 이름이 전부였다. 엄마 이름 옆엔 남편과 함께 죽었어야 했는데 아직 죽지 못한 사람이라는 의미의 '미망인(未亡人)'이라는 단어가 적혀 있었고, 나는 여자라 상주가 될 수 없어 몇 년 만에 보는 사촌 오빠가 삼베 완장을 찼다. 친척들은 다 같은 얘기를 했다.

"집에 남자 형제가 있으면 좋은데."

"사위라도 있어야지."

내가 목격한 장례란 정상 가족의 삶을 심판하는 최종 시험장이었다. 그날의 장례식에서 나는 미래에 대해 더 구체적으로 생각할 필요성을 느꼈다. 단단한 청사진으로 삼을 수 있도록.

나는 비혼주의자다. 비혼을 선택한 이유는 결혼제도에 동의하지 않기 때문이기도 하지만, 그 삶이 나와 잘 맞기 때문이었다. 나는 혼자 있는 시간에 가장 큰 충만함을 느끼는 사람이다. 이걸 알아가는 데 20대 전부를 보냈다. 10년 간 홀로 자취도 하고, 동거 수준으로 타인과 살아보기도 하고, 1년 동안 타지에서 홀로 여행하는 일련의 과정에서 확신을 얻었다. 나는 나만의 고독이 필수인 사람이라는 것을. 수많은 경험을 통해 나 자신을 알게 되면서 타인의 말에 휘둘리지 않고 내 삶의 형태에 맞는 비혼의 방식을 꿈꿀 수 있게 되었다.

'비혼' 하면 외로움을 떠올리는 사람이 많은데 이는 상상력의 부재에서 비롯한다. 비혼이 언제나 혼자 사는 것을 의미하지는 않는다. 내 노후엔 언제나 동생이 있다. 동생은 발달장애인이다. 부모님이 모두 돌아가시면 내가 동생의 유일한 보호자가 된다. 장애가 있는 동생과 함께 산다는 점에서 누군가는 내가 동생을 부양한다고 말할지도 모른다. 그러나 나는 동생에 대해 책임감과 부담감을 느끼지 않는다. 인간은 모두 상호 의존적 존재이므로. 어쩌면 나야말로 동생이 필요한 사람일지 모른다. 나는 한쪽이 다른 한쪽을 돌보는 게 아닌, '함께 어울려 서는' 연립의 자매 생활을 꿈꾼다. 30년 후, 우리는 어떤 모습으로 살면 좋을까?

　　장례식 이후, 나는 동생과 함께하는 노년의 비혼 생활을 더 구체적으로 상상해보게 됐다. 구체적인 주거 형태는 독일 베를린에 있는 여성 주거 공동체인 '베기넨호프' 같은 모습이길 바란다. 베기넨호프는 독일의 도시계획가인 유타 켐퍼가 중세시대 유럽에 있던 여성 주거 공동체 '베기넨'을 본떠 만든 것이다. 당시에 유럽에서는 결혼하지 않은 여성들이 베기넨에 살면서 종교 활동과 가난하고 병든 자를 돌보는 일에 앞장섰다고 한다. 이들 대부분은 교사, 간호사, 공예가 등 다양한 직군에서 일하는 여성들이었는데, 이들은 공동체 생활을 하면서도 각자의 집을 소유했다.

나도 다양한 직군에 종사하는 전문성 있는 여성들이 사는 아파트먼트를 꿈꾼다. 물론 내 공간 자체는 개별적이고 독립적이었으면 좋겠다. 철저히 프라이버시를 존중받는 동시에 나와 동생은 베기넨호프의 여성들처럼 공동체 여성들과 연결될 수 있을 것이다. 층별 공동 아케이드에는 수십 가지의 식물들로 가득 채워진 정원이 있고, 우리는 가끔 거기서 차 한잔하며 이야기할 수 있겠지. 서로에게 비상 열쇠가 있어서 비상 상황에 힘이 되어줄 것이다.

베기넨호프에는 컴퓨터 전문가, 사회학자, 극작가, 의사 등 다양한 직업 경험이 있는 여성들이 모여 산다. 내가 꿈꾸는 미래의 주거 공동체도 각자의 경력을 공동체에 발휘할 수 있는 형태라면 좋겠다. 어쩌면 나는 작가나 PD로서, 우리의 이야기를 글과 영상으로 담을 수도 있겠다. 가장 중요한 것은, 그 공동체 안의 모든 가정이 존중받는 것이다. 나처럼 동생과 살든, 파트너와 살든, 1인 가구 혹은 자발적 비혼모로 살든.

우선은 이 정도 청사진을 그려본다. 너무 허황된 꿈일까? 하지만 흔들리거나 선택이 바뀔지언정 견해가 있는 게 중요하다. 원래 어떤 견해든 항상 흔들릴 위험이 있는 법이니. 문제는 아무런 기준 없이 살다가 중요한 선택의 순간에 휩쓸리는 것이다. 그러니 계속해서 수정하며 내 선택의 정당성을 확보해나갈 수밖에 없다. 나의 단단한 비혼 생활을 위해.

다양한 직군에 종사하는 전문성 있는
여성들이 사는 아파트먼트를 꿈꾼다.
물론 내 공간 자체는 개별적이고
독립적이었으면 좋겠다. 철저히
프라이버시를 존중받는 동시에 나와
동생은 베기넨호프의 여성들처럼
공동체 여성들과 연결될 수 있을
것이다.

고작 이 정도의
어른이라도

　　아빠가 돌아가신 후 어른이 된다는 것에 대해서 자주 생각한다. 가까운 이의 죽음은 남겨진 자의 삶을 흔든다. 무너진 삶을 수습하는 데 밀려 애도는 사치가 되었다. 예상치 못하게 찾아온 강진 앞에 나는 자주 길을 잃었다. 일상의 우선순위가 바뀌고, 해야만 하는 것들을 꾸역꾸역 했다. 어떤 것은 내가 노력해도 할 수 없었고, 나는 내가 거리를 둔 사람들에게 손을 벌리며 종종 패배감에 빠졌다.

　　내가 모든 일에 서툰 것은 나이가 어리기 때문인가, 상주로 서지 못하는 여성이었기 때문인가, 야무지고 빠릿빠릿하지 못한 내 성격 때문인가. 이제 와서 바꿀 수 없는 내 본질적인 정체성에 대해 좌절하는 것은 자신을 부정하는 일이었지만 자기 비하를 멈추지 못했다.

'고작 나는 이 정도의 어른이 되었구나.'

이런 일에 능숙하지 않다고 해서 아무도 나를 욕하지 않는데도, 나는 '어른다움'에 대한 강박에서 쉽게 벗어날 수 없었다. 장녀라면 마땅히 큰일에도 잘 대처하고 모든 과정을 능숙하게 다루어야 하는 것은 아닐까. 나는 눈에는 보이지 않는 투명한 부담감에 짓눌리고 있었다. 아무도 나에게 직접적으로 부담을 주지 않았지만, 모든 게 등 뒤에 차갑게 얹힌 손처럼 느껴졌다. 가족으로부터, 친척으로부터, 아빠의 친구들로부터, 지인들로부터 스스로 부담을 느꼈다. 어떻게 해야 빨리 어른이 될 수 있을까 생각하면서도 이 모든 순간에서 벗어날 수 있는 하찮은 존재이기를 꿈꿨다.

처음부터 잘할 수 없다는 걸 안다. 이런 것에 능숙한 사람이 어른스러운 거라면 평생 어른이 되지 않는 편이 더 낫다는 것도 안다. 그럼에도 '미리 더 나은 사람이 될걸'이라는 가정법이 혼자 있을 때마다 나를 덮쳤다. 최근의 내 일상은 자괴감에 빠지는 나와 그걸 위로하는 나, 두 자아의 혼란스러운 충돌의 연속이었다. 누군가를 만날 때마다 어떤 자아를 내보여야 할지 몰라 말문을 잃게 되는 경우가 많았다. 나는 의연한 척을 하다가도 가끔씩 갈피를 못 잡고 숨을 가다듬어야 했다.

얼마 전에는 J를 만났다. J와 술을 마시는 도중에도 수렁에 빠지는 나와 의연한 내가 번갈아 나왔다. 두서없는 발화 속에서 나는 J에게 빨리 어른이 되고 싶다고 했다. 그날의 대화 속에서, 나의 머뭇거림 속에서, 조용히 나의 이야기를 들어주는 J의 따뜻한 침묵 속에서, 나는 내가 실현 불가능한 어른이 되려고 한다는 걸 깨달았다.

그날 저녁 J에게서 긴 편지가 왔다.

세상은 내가 원하는 대로 전부 살 수는 없지만, 포기한 만큼 다른 무언가를 얻기도 하잖아. 기회비용 같은 거지.

너에게 닥친 버거운 상황을 어쨌든 너는 지나고 있는데 담담한 모습이 마음 아프기도 하고, 미안하기도 해. 그 상황을 의연하게 얘기하는 네 모습을 보고 대신 울고 싶었어. 애써 빨리 어른이 되지 않았으면 좋겠다는 마음도 들고.

하지만 우리는 어른이 될 거고, 넌 멋진 사람이 될 거야. 그리고 나 역시 차근차근 어른이 될 마음의 준비를 해야 하겠다는 다짐을 했어.

Y야, 며칠 전 내가 『앵무새 죽이기』라는 책을 읽었는데 거기에서 기억나는 구절이 있어.

"시작도 하기 전에 패배한 것을 깨닫고 있으면서도 어쨌든 시작하고, 그것이 무엇이든 끝까지 해내는 것이 바로 용기 있는 모습이란다. 승리하기란 아주 힘든 일이지만 때론 승리할 때도 있는 법이거든."

우리, 용기 있는 사람 되자. 그렇게 살아가자.

너의 삶에 항상 용기가 함께하길 진심으로 바랄게.

응원해. 너를.

남들에게는 괜찮은 척하는 나를 알아차린 친구의 편지가 조금 쑥스럽기도 하고 눈물이 났다. 역시 너무 애를 쓰면 주변 사람들이 알아차리기 마련이구나. 그렇게 애써온 나 자신에 대해 미안하고 애잔한 마음도 들었다. 언젠가 어른이 된다는 변하지 않는 사실을 알았다면, 그렇게 애쓸 필요 없었던 건데. "패배한 것을 깨닫고 있으면서도 어쨌든 시작하고, 그것이 무엇이든 끝까지 해내는 것이 바로 용기 있는 모습"이라는 문장에는 오랫동안 눈길이 갔다. 우리는 어른이 되기 전에 먼저 용기를 내야만 한다.

나는 잘못 생각하고 있었다. 어른이란 존재가 아무것도 낯설어하지 않고 능숙히 대처하는 사람이라면 그런 어른에게 용기란 무의미하다. 하지만 나는 도망가고 싶고 패배할 걸 아는 상황에서도, 주저하며 발을 떼고, 머뭇거리면서도 말을 꺼내고 싶다. 무엇이 기다릴지 모르는 닫힌 문 앞에서도 기꺼이 문을 밀고 싶다. 그런 것이 용기라면, 나는 어른이 되지 않아도 괜찮으니 용기 있는 사람이고 싶다. 이런 다짐 끝에 나를 위로하는 자아가 내게 속삭였다. 난 능숙하지는 못하지만, 패배할 것을 알아도 어쨌든 시작했다고. 도망가고 싶을 때도 도망가지 않았다고. 서투르지만 용기 있었다고. 그래서 나도 너에게 답장을 한다.

오늘 어떤 영상을 봤어. 누군가는 자신을 딛고 올라서는 것도 힘들어 고산병에 걸린대. 어른이 된다는 것은 사춘기가 지나도 언제나 성장통을 동반하는 것인가 봐. 주저앉았을 때 갑자기 일어나면 머리가 핑 돌 수밖에 없잖아.

그러니 우리는 우리의 속도로 천천히 일어나자. 삶이 흔들릴 때는 함께 책상 밑으로 들어가서 손을 잡자. 우리는 충분히 용기 있는 사람이니까. 그럼 언젠가는 우리도 모르는 새 어른이 되어 있을 거야.

너를 응원하기 위해 너의 문장을 빌릴게.

"하지만 우리는 어른이 될 거고, 너는 멋진 사람이 될 거야!"

I hate

4장

더 나은
세상을 위한
한 걸음

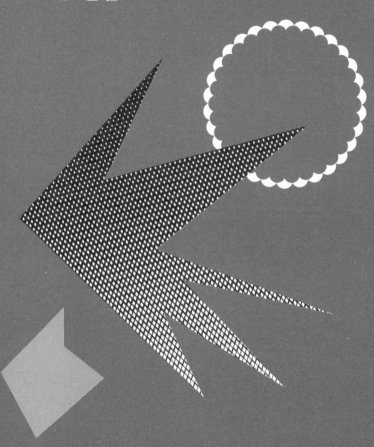

내 인생의 가장 슬픈 하루

열여덟 살의 늦은 가을, 새벽 1시까지 독서실에서 공부를 마친 나를 엄마가 데리러 온 날이었다. 조수석에 앉은 내게 엄마는 익숙하게 홍삼 젤리를 건네며 여동생의 진학에 대해 질문했다.

"○○이 어떤 고등학교에 가면 좋겠어?"

차에는 심야 라디오가 조용히 흐르고 있었다. 엄마의 질문은 DJ의 무료한 오프닝처럼 익숙한 말투였지만 어쩐지 나는 쉽게 대답하지 못했다. 엄마 질문에 담긴 옵션은 두 개였다. '동생이 너와 같은 고등학교에 가면 좋겠니? 아니면 다른 학교 특수반에 가면 좋겠니?' 어색한 침묵을 깨기 위해 나는 창문을 내렸다. 새까만 창밖의 소음이 들려왔다.

나는 두 살 터울인 여동생과 초등학교와 중학교를 같이 다녔다. 엄밀히 말해 정말 '같이' 다닌 것은 아니었다. 발달장애 3급인 동생은 학창 시절 내내 특수반 내지 도움반으로 불리는 반에 격리되어 비슷한 발달장애 학생들과 같이 수업을 들었다. 학교는 기묘한 격리의 공간이었다. 동생은 일반 학교에 다니긴 했지만, 정작 비장애 학생들과 교류할 기회는 없었다. 나 역시 친구들에게 동생의 존재를 숨기지는 않았지만, 내가 먼저 동생 얘기를 꺼내는 경우는 없었다.

동생의 장애를 아는 주변인들은 내가 공부도 잘하면서 동생도 잘 돌보는 의젓하고 똑똑한 언니라고 칭찬했다. 나는 실제로 전교 순위권에 드는 모범생이었기에 동생과의 대비가 더 두드러졌다. 어릴 때부터 나는 타인의 연민을 이용하는 데 익숙한 편이었다. 장애인의 날 행사를 하면 동생의 이야기를 글로 써서 최우수상을 받았고, 대학 원서를 쓸때는 사회적 약자에 대한 나의 관심을 보여주기 위해 동생의 장애를 팔았다. 그러나 동생이 반에 찾아오면 "언니가 나중에 데리러 갈게" 하며 동생이 내 영역에 들어오는 것에 은근히 선을 그었다. 기묘한 격리는 나와 동생 사이에도 있었다.

"난 ○○이 어느 학교에 가든 상관없어요. 근데 나도 곧 고3이니까 생각보다 걔를 잘 챙기긴 못할 거예요. ○○ 고등학교는 이번에 새로 생기는 곳이니 특수반도 잘 되어 있지 않을까? 잘 모르겠네⋯."

다시 조수석의 창문을 닫은 나는 엄마에게 얘기했다. 아무렇지 않은 척, 어딜 가도 상관없는 척했지만 이상하게 목 뒤가 계속 간지러웠다. 사실 동생은 내가 다니는 학교에 오는 게 여러모로 나았다. 엄마는 "알았어. 생각해볼게" 하고 차분히 운전에 집중했다. 말도 안 되는 내 핑계에 엄마는 무슨 생각을 하고 있을까, 나를 속물 같고 못된 언니로 보지 않을까, 다른 사람들은 모르는 내 비겁한 내면을 알아차렸을까, 마음이 시끄러웠다. 독서실과 집 사이는 고작 10분 거리였지만, 내겐 아주 긴 시간처럼 느껴졌다.

동생은 결국 다른 고등학교에 갔다. 내가 다니는 곳과 불과 500미터도 떨어지지 않은 곳이었다. 나는 동생과 떨어진 마지막 고등학교 시절 1년을 보냈고, 대학에 진학했다. 이후 나는 비겁한 내면을 회개라도 하듯 장애 인권을 공부했다. 장애인의 자립과 연립, 공생을 배우며 동생과 더 자주 이야기를 나눴다.

"언니가 이런 얘길 나랑 해서 좋아."

동생은 장애에 대해 공부하는 나를, 우리가 나누는 대화를 좋아했다.

언젠가 동생과 같이 장애인 자립생활 시위에 나간 적도 있다. 광화문 광장에는 장애인을 격리 수용하지 말고 지역사회에 흡수될 수 있도록 바뀌어야 한다는 목소리가 휠체어를 탄 사회운동가의 확성기를 통해 흘러나오고 있었다. 처음 오는 시위에 동생은 조금 신나 보였다. 그러나 나는 곧 이어지는 동생의 말에 잠시 바닥이 무너지는 기분을 느껴야만 했다.

"나 그때 언니를 위해서 다른 고등학교에 갔잖아."

잊고 싶었던 10년 전의 대화가 순식간에 떠올랐다. 왜 나는 이제껏 동생이 모를 거라고 생각했을까. 동생의 얼굴이나 말투는 태연했지만, 동생의 말은 나를 처참히도 슬프게 했다. 어떻게 해도 동생과 떨어져 보냈던 그때의 시간을 되돌릴 수는 없기 때문에.

어쩌면 동생을 가장 바보 취급한 건 나일지도 모른다. 그건 아마 동생이 겪었을 가장 가까운 격리, 가장 은근한 배제였을 것이다. 타인으로부터 거절되는 감각은 누구라도 잊을 수 없다. 그 아무리 완곡하고 은근한 방식의 배제일지라도.

최소한의 존엄을
지키는 연습

"간질인가 봐. 거품을 물고 있어."

엄마는 쓰러진 여성을 가리키며 말했다. 시장으로 가는 골목에 40대로 보이는 여성이 쓰러져 있었다.

무슨 일인지 확인하기 위해 우리는 현장 근처로 다가갔다. 사람들의 웅성거림 때문에 나는 그분이 머리에 많은 피를 흘리고 있다는 사실을 알게 되었다. 여성을 도우며 직접적으로 상황을 수습하는 사람은 두어 명 정도였고, 나머지 사람들은 그저 지켜보거나 팔짱을 끼고 있었다. 근처의 아주머니들은 "어떡해", "신고했어?", "119 이미 불렀어요"를 반복했다.

그곳을 빨리 벗어나고 싶었다. 이미 119를 부른 상황이었고, 여성이 더 이상 피를 흘리지 않도록 머리를 지지하고 수건을 받쳐주는 사람이 있었으며, 혹시 모를 상황에 대비하기 위해 대기하는 사람도 있었다. 그 현장에서 내가 추가적으로 도움을 줄 수 있는 것은 없었다. 사고의 현장을 멀뚱히 구경하는 것이 비인간적인 행동처럼 느껴졌다. 그곳에서 간질 환자를 돕는 사람은 일부였다. 나머지는 타인의 어깨에 자신을 흐릿하게 감추고 TV 화면을 바라보듯 시선을 내려 구경하고 있었다.

사람은 계속해서 모여들었다. 횡단보도 건너편에도 사람들이 늘어났다. 그들은 팔짱을 끼고 바로 기웃거렸다. "불쌍해, 어떡해…"라고 중얼거리는 사람들이 있긴 했지만, 말뿐인 연민이었다. 그런 말을 하며 구경하는 것은 이 상황을 1퍼센트도 낫게 만들 수 없었다. 진정한 의미로 함께하거나 도울 수 있는 상황이 아니라면, 적어도 구경하는 행위를 통해 인간에 대한 최소한의 존중을 무너트려서는 안 되는 게 아닐까 생각했다. 엄마가 그 자리를 떠나지 않아 난 멀리서 기다릴 수밖에 없었다.

때로는 못 본 척, 모르는 척, 무관심한 척해주는 '계산된 무관심'이 인간에 대한 존중을 더 보여주기도 한다. 김원영 변호사는 그의 책 『실격당한 자들을 위한 변론』에서 인간은 존엄하게 태어나는 게 아니라, 존엄한 대상으로 존중하고 화답하는 상호작용을 통해 비로소 존엄한 대상이 된다고 말한다. 즉, '존엄을 구성하는 퍼포먼스'를 실천하면서 우리는 진실로 존엄한 존재가 된다는 것이다.

아이를 갖고 싶어 하지만 아이가 없는 대학 동기 앞에서 육아가 화제가 되었을 때 신속하고 자연스럽게 화제를 돌리는 친구, 시한부 선고를 받은 가족 앞에서 평소처럼 대화를 나누며 저녁식사를 하는 가족들, 카페 옆자리에서 시끄럽게 소음을 내는 자폐 아동에게 무관심하다는 듯 아무렇지 않게 책으로 눈길을 돌리는 대학생. (…) 자폐 아동의 부모는 소란 속에서도 태연히 책을 읽는 대학생이 무관심한 척 연기를 하고 있다는 걸 안다.

_ 김원영, 『실격당한 자들을 위한 변론』, 사계절, 66쪽

자폐 아동을 향한 대학생의 무관심은 계산된 것이지
만, 개인을 구경거리가 아닌 존엄한 인격체로 대우하는 묵
언의 퍼포먼스다. 타인의 비극이나 사고를 대하는 성숙한
태도 역시 도움이 되지 못하는 상황이라면 잠깐의 호기심
을 접어두고 존엄한 인격체로 존중하기 위한 퍼포먼스를
기꺼이 수행하는 것이다. 존중의 태도보다 개인의 호기심
이 더 중요할 때 우리는 다른 구경꾼의 어깨에 숨어 같이
구경하는 비인간적인 사람이 되고 만다.

구경하지 않는 자세에도 연습이 필요하다. 예측하지
못한 사고의 현장에서 내가 할 수 있는 최선의 행동을 파악
하는 판단력, 내 존재가 피해가 될 수 있다는 것을 깨닫고
자리를 비켜줄 수 있는 배려심, 집단행동에 생각 없이 동조
하거나 순응하지 않고 불필요한 관심을 걷어내는 일, 무엇
보다 상대를 '사건 대상자'로 물화하지 않고 인격체로 여기
는 태도. 의식하려는 노력과 연습이 있어야 가능한 퍼포먼

실존주의자 선언

스다.

　　우리는 멀리서도 타인을 존중할 수 있고, 바로 옆에
서도 강 건너 불구경을 할 수 있다. 적어도 구경할 거라면,
"걱정이 된다"는 말을 하며 핑계라도 대지 않아야 하는 것
아닐까.

타인에 대한 섬세한 상상력

엄마랑 같이 외식을 하러 밖을 돌아다니면 은근히 까다롭다. 메뉴나 가격, 분위기 등 식당 선정 과정의 까다로움이라기보다는, 민폐를 끼치지 않으려는 엄마만의 기준이 높아서 여러 선택지를 제외하게 되는 식이다. 이를테면 식당을 고르며 우리는 이런 대화를 한다.

"3시 지났네. 브레이크 타임인지 확인해봐."

"검색해보니까 브레이크 타임 없는데? 가봐요."

"우선 차 타고 지나가보자. 한 명도 없는데 들어가면

직원들이 얼마나 짜증 나겠냐. 다들 쉬고 있을 텐데."

"브레이크 타임 없다는데 굳이?"

그렇게 간 음식점에 주차된 차가 한 대도 없으면 그 집은 패스한다. 이런 경우도 있었다. 평양냉면을 좋아하는 나와 함흥냉면을 좋아하는 엄마가 같이 냉면집에 갔을 때였다. 내가 화장실에 다녀온 사이 음식을 주문한 엄마에게 물었다.

"평양냉면이랑 함흥냉면 한 개씩 시켰지?"

"아니. 두 명인데 번거롭게 뭘 다른 걸 시켜. 그냥 평양냉면 두 개 시켰어."

"왜요? 똑같이 시킬 거면 엄마가 좋은 걸로 두 개 시키든가…."

모든 사람이 엄마와 같은 배려를 할 필요는 없다. 나는 다른 사람과 밥 먹을 때는 죄책감 없이 1인 1메뉴를 시킨다. 세 명이 가면 세 개 다 다른 것을 시키기도 한다. 음식점은 그러려고 가는 게 아닌가? 맛있는 걸 다양하게 먹어보려고. 어떤 면에서 엄마의 배려는 내게 과하게 느껴진다. 아마 우리가 가진 상식과 상상력의 지름이 달랐기 때문일 것이다.

　확실히 엄마의 상식과 배려, 매너의 상상력은 나보다 넓었다. 내가 음식을 주문할 때 사용한 상상력은 브레이크 타임의 사전적 의미와 메뉴의 폭 등 순전히 소비자 측면에 한정되어 있었다면, 엄마에게는 서비스업 종사자에 대한 상상력이 있었다. 그건 엄마가 식당에서 일한 경험이 있기 때문이기도 했다. 엄마는 메뉴를 만들고 일하는 종업원의 존재를 인지하고 그들의 행동을 상상했다. 손님이 뜸한 시간에 잠시 쉬며 수다를 떨고 있다가 다시 서빙을 해야 하는 상황, 서로 다른 그릇에 다른 육수와 면을 넣어야 하는 어떤 번거로움에 대해서.

　엄마가 원래 꽤 예민한 감각의 배려심을 가진 사람일 수도 있고 어쩌면 엄마가 경험해본 서비스업에만 국한되는 상상력을 가졌을지도 모른다. 하지만 보통 이런 사람들은 자신과는 관계가 없는 타인에 대해서도 쉽게 섬세한 상상력을 유연하게 발휘한다. 꼭 모든 것을 경험하지 않더라도, 어떤 종류의 발달된 감각은 다른 분야에서도 쉽게 발휘되는가 보다. 이를테면 그들은 '모니터 뒤에 사람이 있다'

는 것을 잘 아는 사람들이다.

　얼마 전에는 거리를 걷는데 눈에 띄는 광경을 목격했다. 전봇대 주변이나 상가 계단에 일회용 플라스틱 컵들이 일렬종대로 늘어서 있었다. 그 컵들은 하나같이 한 모금도 먹지 않은 듯이 아메리카노가 가득 차 있었다. 아마 그곳이 벤치였다면, 잠깐 누가 자리를 맡은 거라고 착각했을지도 모를 정도였다.

　알고 보니 아이돌 팬들이 '컵 홀더'만 빼고 버린 커피들이었다. 요즘 아이돌 팬덤에서는 연예인의 얼굴이 들어간 컵 홀더가 유행이다. 팬덤 문화의 일종으로 아이돌의 생일에 카페 이벤트를 열고, 연예인의 얼굴이 새겨진 컵 홀더를 이벤트로 제공한다. 이 글에서 아이돌 팬의 무개념 행동을 지적하고 싶은 것은 아니다. 그게 특정 집단의 문제라고 일반화할 순 없기 때문이다.

　다만 내가 궁금했던 것은 컵을 버린 사람들이 '쓰레기를 버린 이후의 과정'에 대해 정말로 몰랐을까 하는 부분이다. 커피가 꽉 찬 플라스틱 컵은 곧 쓰러져서 길거리를 카페인으로 물들일 것이다. 혹은 미화원이나 카페 직원이 와서 따로 액체를 하수구나 통에 버리고, 빨대와 플라스틱 컵을 분류하는 번거로운 분리수거의 과정을 거칠 것이다. 나의 엄마처럼 거창한 상상력을 발휘하지 않더라도 이를 상상하기란 어렵지 않다.

나는 그들이 '상상하기를 그만두었다'고 생각한다. 몰랐던 것이 아니라 모르는 척하기로 한 것이다. 만신창이가 될 길거리를 의도한 것은 아니지만, 그런 결과가 발생할지도 모른다는 가능성을 알면서도 '에라 모르겠다' 하고 버리는 일. 쓰레기 버리기의 미필적 고의. 이는 그 쓰레기를 치울 누군가가 당장 만날 일이 없는, 얼굴을 모르는 익명의 타자였기 때문에 더 쉬웠을 것이다.

내 행동의 동기가 눈에 보이는 사람만을 위한 거라면 살기는 편할 것이다. 그래서 쉽게 상상하기를 그만두면, 내가 모르는 세상에는 계속해서 쓰레기가 뒹굴게 된다. 익명성과 군중심리가 더해지면 타인을 망각하기란 더 쉬워진다. '쟤도 저기 버렸으니까, 나 하나쯤은…. 에라 모르겠다.'

언젠가 트위터에서 이런 글을 봤다.

"노르웨이 친구와 한국 식당에서 밥을 먹는데, 친구는 종업원을 부르기 위해 벨을 누르는 행위가 비인간적이라고 놀라더라."

빨리 주문하면 그만인 효율성 중심의 사회에서 종업원의 존엄성을 생각하는 것. 그의 상상력이 노르웨이의 상식이라면 조금 부러워진다.

여성학자 정희진은 『나쁜 사람에게 지지 않으려고 쓴다』에서 길거리에서 전단지 돌리는 사람을 거절하지 않고 기꺼이 받아주는 작은 선행에 대해 "그들의 노동 상황에 대한 큰 상상력이 있어야 가능한" 일이라고 말했다. 지금 우리의 상상력은 어느 정도 수준일지 궁금해진다.

주말드라마가
세상을 바꿀 방법

안동에 있는 외할아버지 댁에 놀러 갔다. 눈이 소복히 쌓인 어느 날, 우리는 저녁을 먹기 위해 상을 차리기 시작했다. 엄마가 요리할 동안 나는 상을 펴고 반찬을 꺼내 왔고, 냉장고를 연 김에 맥주도 한 캔 꺼냈다. 하루 종일 아궁이에 장작을 땔 때는 할아버지 집은 따스했지만 건조했고, 나는 시원한 캔 맥주 하나가 절실했다.

언제나 그랬듯이 할머니와 엄마, 내가 상을 차리면 할아버지는 마지막에 자리에 앉았다. 나의 외가는 할아버지와 할머니의 수저 색이 다르고, 명절에는 남자와 여자 상을 따로 내는 곳이다. 제일 마지막에 수저를 든 나는 냉장고에서 꺼낸 카스를 조용히 따고 한 모금 마셨다. 그러자 옆에 있던 엄마가 조용히 나에게 말했다.

"할아버지 진지 드시는데 무슨 반주니."

원체 나는 부모님과 자주 술을 먹는 타입이고, 안동에 올 땐 삼촌이나 이모부들과도 종종 술을 마셨다. 할아버지와 함께하는 식사 자리에서 술을 마시면 안 된다는 것을 엄마가 말하기 전까진 몰랐다. 할아버지는 술을 원래 드시지 않는 분이다. '아니, 엄마도 할아버지 할머니 앞에서 삼촌이랑 둘이 마시는 거 내가 많이 봤는데….' 불만은 속으로 삼켰다.

그때 TV에서는 주말드라마 〈하나뿐인 내 편〉이 방영 중이었다. 중후한 목소리를 가진 남자 배우가 TV 화면 너머로 나에게 말을 걸어왔다.

"밥상머리에서 뭐 하는 짓이야? 새아기, 큰아기, 뭔 불만이야? 당신, 회사 일이 당신 소관이야?"

중년 남자가 밥상머리에서 뭐 하는 짓이냐며 며느리들 앞에서 아내를 나무라고 있었다. 회사 일이 당신 소관이냐며, 밥이나 먹지 바깥일에 신경 끄라며.

그놈의 밥상머리. 할아버지가 식사하실 때 맥주를 마시지 말라고 하는 엄마와 밥상머리에서 떠들지 말라고 회초리를 드는 〈하나뿐인 내 편〉을 보고 나는 한국인의 밥상머리 집착에 대해 생각했다. 하루 종일 KBS 연속극과 TV조선의 〈모란봉 클럽〉을 보고 있는 조부모님과 가부장제 격파를 꿈꾸는 나. 남녀 겸상 불가능한 안동 김씨 가문의 밥상머리와 나 사이에는 은하수만큼의 거리가 있다. 이 거리는 좁혀질 수 있을까?

갑자기 궁금해졌다. 도대체 어른들은 왜 주말드라마를 보는 것일까? 왜 시대에 뒤떨어진 연속극은 요즘 시대에도 계속되는 것일까? 나는 넷플릭스에 올라오는 걸 제외하곤 한국의 TV 프로그램을 보지 않은 지 오래다. 연속극은 여성혐오와 가부장제, 천편일률적인 젠더 역할을 재생산하는 최정점에 있다. (그다음이 코미디 프로그램과 케이팝 프로그램이랄까.) 나는 시대에 뒤떨어지는 주말드라마를 계속해서 만들어내는 방송국에 화가 났다.

하지만 할머니가 시청하던 〈하나뿐인 내 편〉의 최고

시청률은 40퍼센트를 넘는다. 세상의 나쁜 것만 몰아넣은 구시대의 산물로 치부하기엔, 나의 할머니와 엄마는 모두 연속극의 열혈 팬이다. '주말드라마 보지 마세요'보다 생산적인 말은 없을까? 할머니에게 손녀가 던질 수 있는 더 나은 질문은 무엇일까? 다시 질문해본다. 주말드라마는 항상 나쁘기만 한가?

그래서 〈하나뿐인 내 편〉의 줄거리와 기획의도를 찾아봤다. 28년 만에 만난 친부로 인해 인생이 꼬여버린 김도란(유이)과 정체를 숨겨야만 했던 그녀의 아버지 강수일(최수종)이 세상에 '단 하나뿐인 내 편'을 만나며 삶의 희망을 찾아가는 드라마라고 한다.

죄를 지은 자는 마땅히 벌을 받아야 한다. 하지만 범죄자의 가족이란 이유만으로 세상의 편견, 멸시라는 보이지 않은 감옥 속에서 고통받는 게 과연 마땅한가라는 질문을 던져보고자 한다. 그럼에도 불구하고 세상은 재미있고 버라이어티하다 (…) 사실 우리는 그렇게 살아왔다. 어떠한 비극이 우리를 덮쳐 와도 그보다 더 큰 용기와 사랑으로 희망의 역사를 만들어왔다.

어쩌면 주말드라마를 보는 이유는 살인 누명을 쓴 강수일과 27년 만에 아빠를 찾은 도란의 눈물겨운 재회 스토리를 보기 위함이 아닐 수도 있겠다. 공식 홈페이지의 소개처럼, "비극적이고 끔찍한 사건이 뉴스에 도배가 되어도 한쪽에서는 새 생명이 태어나고 돌잔치를 한다". 삶이란 이렇게 이해할 수 없는 듯하면서도 매번 굴러가고, 그 반복 안에서도 우리는 한 줄기 희망과 웃음을 발견한다. 이미 세상에 대한 거친 1회분의 삶을 겪은 엄마와 할머니는, 내가 경험하지 못한 삶의 희노애락을 연속극에서 재확인하는 것이다.

본인을 연속극의 전문가라 지칭하는 디지털 스토리텔러 케이트 아담스는, 〈연속극에서 배우는 네 가지 교훈 (4 larger-than-life lessons from soap operas)〉이라는 TED 영상에서 이렇게 말한다.

"연속극을 본 적이 있다면 이야기와 인물들이 현실보

싫존주의자 선언

다 과장될 수 있음을 알 것이고, 팬이라면 그 과장이 재미있다고 느낄 것이고, 팬이 아니면 그들이 과장되고 세련되지 못하다고 생각하실 수 있습니다. 혹은 연속극을 보는 것이 시간 낭비라고 생각하고 허풍 때문에 교훈이 사소하거나 없다고 생각할 수도 있습니다. 하지만 저는 그 반대라고 생각합니다. 연속극은 삶을 단지 크게 보여주는 거죠. 우리가 연속극을 통해서 얻을 수 있는 실생활 교훈들이 있는데 그 교훈들은 모든 일일 드라마 줄거리가 그렇듯이 크고 모험적입니다."

그녀의 말처럼 연속극은 실제보다 과장된 대규모의 드라마다. 하지만 우리의 삶도 강수일과 도란처럼 비극과 기쁨 사이를 순환하며 구원을 찾아 헤맨다. 연속극을 보며 우리의 삶도 강렬함으로 물들고, 때로는 극적인 플롯에 숨겨진 단순한 교훈을 깨닫기도 한다. 흔하고 반복되는 일상에서 색다른 선택을 해볼 용기를 주고, 우리 역시 과거보다 더 나아질 수 있다는 기분 좋은 환상을 심어준다.

그래서 감히 나는 연속극을 지지한다. 다만 연속극의 개혁을 꿈꾼다. 어쩌면 연속극의 개혁이야말로 밥상머리에서부터 세대 갈등을 줄일 수 있는 가장 효과적인 방법일지도 모른다. 안동에 계신 조부모님에게 요즘 세상은 어떻게 변화하고 있는지 알려줄 수 있는 가장 직접적인 방법. 우리 사이에 놓인 은하수가 좁아질 수 있는 절호의 기회.

주말드라마 속 입체적인 캐릭터를 꿈꾼다. 〈굳세어라 금순아〉의 금순(한혜진)과 〈하나뿐인 내 편〉의 도란으로 대를 이어 내려오는, 예쁘고 생활력 있는 전형적인 여성 캐릭터 이상을 원한다. 저세상 스펙을 가진 엄친딸 커리어 우먼을 넘어, 집에서 내조하는 남성 주부의 당연함을 꿈꾼다. 아들을 게이로 오해하고 맞선 자리를 잡은 어머니 역할은 그만 보고, 성소수자의 자연스러운 침입을 꿈꾼다. 동년배로 나오는 남녀는 무조건 사랑으로 엮인다는 공식을 깨고, 반려동물과 잘 살아가는 비혼 가구나 의젓한 1인 가구의 출연을 꿈꾼다. 이미 너무 혁신적인 뉴미디어가 아닌, 안동에 계신 할아버지 댁 전파로 흘러갈 주말드라마의 소소한 혁신을 꿈꾼다.

〈하나뿐인 내 편〉을 시청한 그날의 밥상머리에서 나는 할머니에게 물었다.

"할머니. 나도 도란이처럼 가정주부 안 하고 밖에서 일 해도 돼요?"

"그럼."

할머니는 일하는 여성을 드라마 속에서만 봤을 수도 있을 테니까, 어쩌면 도란이야말로 나의 커리어를 지원해 줄 구원자일지도 모른다. 하지만 그날 할머니에게 "그럼 나 결혼 안 해도 돼?"까지는 물어보지 않았다. 그 타이밍에 던지기엔 아직은 너무 과감한 질문이었으니까.

그래서 감히 나는 연속극을 지지한다.
다만 **연속극의 개혁**을 꿈꾼다.
어쩌면 연속극의 개혁이야말로
밥상머리에서부터 세대 갈등을 줄일
수 있는 **가장 효과적인 방법**일지도
모른다. 조부모님에게 요즘 세상은
어떻게 변화하고 있는지 알려줄 수
있는 가장 직접적인 방법.

〈주말드라마가 세상을 바꿀 때〉

팥 없는 붕어빵의 매력

우리 동네에는 TV에도 나올 정도로 유명하고 오래된 붕어빵 맛집이 있다. 초등학생 때, 오일장이 열리는 4와 9가 들어가는 날이면 시장으로 달려갔다. 시장 한가운데 위치한 붕어빵 가게 앞 좁은 길엔 사람이 가득했다. 안 그래도 좁은 시장 골목이 더더욱 막혔다. 그만큼 그곳은 특별했다. 몸통이 굵은 왕붕어빵을 찍어내는 기름칠한 틀, 쫄깃한 수제 반죽도 좋지만, 무엇보다 팥이 핵심이었다. 그곳의 팥앙금은 물고구마가 들어간, 사장님만의 특제소스였다.

팥이 맛있는 붕어빵 가게에서 우리 가족은 꼭 팥 없는 붕어빵을 시켰다. 팥 없는 붕어빵은 팥을 못 먹는 내 여동생의 취향이었다. '앙꼬 없는 찐빵'이라는 클리셰와는 달리, 앙금 없이 하얀 반죽으로만 만든 그 붕어빵은 꽤 먹을만했다. 반죽에 계피가 들어가 향긋했고, 그 자체만으로도 쫄깃하고 바삭했다. 원래는 팥이 있어야 할 부분도 모두 반죽으로 채워져서 약간은 덜 익은 듯한 맛이 나는 것도 은근한 별미였다.

팥 없는 붕어빵은 미리 사장님에게 따로 제작 요청을 드려야 받을 수 있었다. 시간이 오래 걸리는 게 문제일 뿐, 사장님은 흔쾌히 동생만을 위한 팥 없는 붕어빵을 만들어주었다. 나는 엄마가 사장님에게 "팥 없는 붕어빵도 2천 원어치만 추가해주세요"라고 말하면, 사장님이 "아~, 또 오셨구나! 조금만 기다리세요" 하고 단골손님인 듯 대우해주는 것을 내심 좋아했다.

사장님은 팥이 없는 부분을 구별하기 위해 검은 붕어빵 틀에 반죽을 슬쩍 묻혀놓았는데, 그건 우리만을 위한 특별한 표식 같았다. 주문을 지켜보던 사람들이 "팥 없는 붕어빵? 그것도 가능해요?", "우리도 시켜보자" 하고 덩달아

시키면 마치 내가 사장이라도 된 것처럼 뻐기고 싶어졌다.

그래도 번거로운 주문을 드리는 게 죄송해서 한번 살 때마다 열 마리 이상을 샀다. 그렇게 흰 종이봉투 두 개는 써야 담을 수 있는 붕어빵을 부엌에 놔두면, 온 가족이 틈날 때마다 주워 먹었다. 나는 무조건 꼬리부터 먹는 파였다. 동생은 지느러미부터, 아빠는 머리부터 먹었다. 엄마는 독특하게도 붕어빵을 '찢어' 먹었다. 팥 없는 붕어빵도 처음엔 동생만 먹다가, 나중엔 온 가족이 좋아하는 주전부리가 되었다. 각자 먹는 방법도, 좋아하는 것도 다르지만 어쨌든 모두 붕어빵이었다.

내 동생에게도 팥 없는 붕어빵 같은 면이 있다. 우리 가족 모두가 해산물을 좋아하지만, 동생은 해산물을 먹지 않는다. 가족들 모두 TV 앞에 앉아 드라마 〈태조 왕건〉을 볼 때도 OST가 무섭다며 보지 않았다. (아직도 나는 동생을 놀릴 때 〈태조 왕건〉 노래를 흥얼거린다.) 부모님이나 나나 내향적인 편인데, 여동생은 처음 만난 사람에게도 큰 소리로 인사하고, 놀자 판이 벌어지면 개다리춤을 추며 주변 사람들에게 웃음을 주는 타입이다. 여동생에게 발달장애가 있다

는 것은 우리 가족의 수많은 차이 중 작은 요소에 불과하
다. 이러나저러나 동생은 우리 집에서 가장 귀여운 붕어빵
이었다.

　　최근 붕어빵 가게는 사장님이 돌아가셔서 오래 문을
닫았다가, 아들이 다시 가게를 열었다. 붕어빵이 명맥을 이
어갈 수 있게 된 것도, 붕어빵을 계속 먹을 수 있게 된 것도
모두 기뻤다. 붕어빵 가게가 세대교체된 것처럼, 언젠가 우
리 집의 모습도 많이 바뀔 것이다. 천천히 우리 가족의 미
래를 준비해야겠다는 생각을 한다. 아빠가 세상을 떠난 후
엄마와 세 모녀의 미래에 관해 얘기한 적이 있다. 나는 엄
마에게 "나는 결혼할 생각이 없고, 커리어를 쌓아가는 동
안에는 독립해서 혼자 살겠지만, 나중에 엄마가 떠난 이후
에는 동생과 같이 살고 싶다"라고 말했다. 엄마는 그 말에
크게 안도한 모양이었다. "엄마 소원은 딱 하나야. 네 동생
보다 오래 사는 거."
　　언젠가 블로그에 동생에 관한 이야기를 적은 이후에도
비슷한 댓글을 받은 적이 있다. 발달장애인 자식을 둔 어머
니의 댓글이었다.

"장애인 자식을 가진 부모의 소원이 있다면, 자식보다 하루 더 사는 거예요."

어쩐지 한편으로 씁쓸한 마음이 들었다. 내가 비혼을 생각하는 것은 동생 때문이 아니라 내 삶의 가치관 때문이다. 나와 같은 선택을 하지 못하는 대다수의 비장애인 형제자매가 가지는 부담이 죄책감이 되어서는 안 된다. 그러나 돌봄이 사회화되지 않는 사회에서 장애인 가족은 많은 것을 희생하거나, 희생하지 못한 자신을 두고 죄책감에 빠진다. 누군가를 돌보는 일에 누구도 희생되어서는 안 되는 데도.

떠나는 사람이 걱정 없이 떠나고, 세상의 모든 장애 가족이 잘 살 수 있는 법이 무엇일까. 이를 위해 내가 어떤 일을 할 수 있을지 고민해보는 요즘이다. 현재 정의당 국회의원인 장혜영 의원은 2018년 탈시설과 공존을 다룬 다큐멘터리 영화 〈어른이 되면〉을 제작했다. 그는 동명의 책에서 동생 장혜정 씨와의 일상을 기록한 유튜브 제작의 소회를 남겼다. 그는 디즈니랜드 여행 등 평범한 브이로그를 유튜브에 올리며 한 가지 사실을 확신하게 되었다고 말한다. 놀랍도록 비장애인 중심으로 만들어진 사회에서 그저 평범하게 모습을 드러내는 것만으로도 이 사회에서 장애인의 부재가 극명하게 환기된다는 사실이었다. '일상적'인 것, 바로 그것이 핵심이다.

> 비로소 혜정이에 대해, 나아가 장애인과 비장애인이 어울려 사는 삶에 대해 내가 하려는 이야기의 내용과 형식을 명확히 자각하게 되었다. 그것은 일상성과 평범성의 회복이었다.
>
> _ 장혜영, 『어른이 되면』, 시월, 47쪽

팥 없는 붕어빵, 그저 익숙하지 않을 뿐이지 한번 맛보면 좋아할 수밖에 없다. 그 평범한 매력을 많은 이들이 알 수 있도록 기회가 되면 글을 쓰는 것은 내 선에서 할 수 있는 작은 노력이다.

실존주의자 선언

호칭의 민주화를 꿈꾸며

첫 직장 생활 때 내 호칭은 '마지(Margie)'였다(책의 여백에 메모하는 사람을 일컫는 '마지널리안'이라는 말에서 따온 이름이다). IT 회사에서 인턴을 시작했을 때다. 사수였던 과장님은 올리브. 워킹 그룹장은 제롬. 팀장님도 그냥 제니퍼였다. 직급은 대외적으로만 사용됐을 뿐 실제로 불러본 적은 한 번도 없다.

"마지는 어떻게 생각해?"

회의 때는 인턴에게도 격을 두지 않고 의견을 묻고 경

청했다. 사내 인트라넷을 통해 다른 팀이나 처음 만난 사람과 소통할 때도 편하게 태그를 걸었다. 심지어 인턴이 대표한테도 스스럼없이 "마이크~" 하고 부를 수 있는 것은 사회초년생에게 꽤 문화충격이었다. 수평적인 조직문화라 가능한 호칭 문화였겠지만, 반대로 그 호칭 문화가 수평적인 문화를 조성하는 데 큰 효과가 있는 것도 사실이었다. 서로를 부를 때 내가 계약직이라거나, 대상이 상사라는 사실보다는 서로 '동료'라는 것이 더 상기됐다. 일하는 데 직급이나 고용 형태는 중요하지 않았다. 조직은 각자의 일을 수행하는 직원들의 유연하고 수평적인 결합체였다.

두 번째 직장에서의 호칭은 '○○○ 사원'이었다. 그런데 일하는 사람의 직급과 친분 정도에 따라 실제 불리는 호칭은 조금씩 달랐다. 직급상 윗사람은 나를 '○○ 씨'로 불렀고 처음 일로 만난 직원은 나를 '사원님'으로 부르다가 익숙해지면 '○○○ 사원', 혹은 '○○○ 씨'로 바꿔 불렀다. 입사 후배는 고작 반년 차이여도 꼬박 '선배님'이라고 불렀다. 애매한 것은 아직 진급하지 않은 같은 사원끼리의 호칭이었다. 나는 후배들에게 '○○ 씨'라고 말하지 않고 언제나 '○○ 님'이라고 불렀다. '○○ 씨'는 아무런 직급 없는 평사원을 부를 때 쓰이기도 하지만, 윗사람이 아랫사람을 부를 때 쓰는 뉘앙스가 있기 때문이었다. 정규직이 아닌 계약직으로 들어오는 직원에게 '○○ 씨'라고 부르는 것만 봐도 그랬다. 나는 ○○ 님이라고 부르는 게 편했는데, 오히려 다른 사람들이 그런 호칭을 민망해하거나 불편해하는 경우도 종종 있었다.

두 번째 회사에서는 직급을 '올바르게' 부르는 것이 아주 중요했다. 신입사원 때는 교육 시간에 연단에 선 '○○○ 이사대우'를 말 그대로 '이사대우'로 소개했다가 혼난 적도 있다. 사수는 내게 이사대우는 직위의 이름인 '직함'이고 부르는 '호칭'은 이사라는 것을 알려줬다. 이사대우는 이사는 아니지만 그에 준하는 대우를 해준다는 의미의, 임원 직급 중 가장 낮은 단계였다(당시 회사에서의 임원 직급은 '이사대우-이사-상무-전무-부사장-사장-부회장-회장' 순이었다).

직함은 회사 내의 서열문화를 가늠하는 강력한 정체성으로서 기능했고, 자신이 직급으로 불리지 않은 것을 불쾌하게 여기는 사람도 많았다. 인사발령 시즌이면 수십 장의 서류를 모두 인쇄해서 팀 테이블에 올려두고 돌려 봤다. 팀과 연관이 많은 인물 이름에는 형광펜까지 쳐놓았다. 혹시 전주 공장에 있는 차장님이 부장으로 승진한 것을 까먹고 실수하면 안 되니까. 자유롭게 소통하라는 멍석을 깔아도, 직급으로 서열이 노골적으로 만들어지는 호칭 문화 앞에서 대화의 폭은 좁을 수밖에 없었다.

직장 호칭의 서열문화가 직장 밖으로 확장되는 경우도 많다. 우리말글 전문가 8인이 쓴 책 『나는 이렇게 불리는 것이 불편합니다』에 등장하는 사례가 대표적이다. 기업체 사장인 김지수 씨는 어느 날 번개 모임을 갔다가 자신의 절친한 선배를 따라온 그 회사의 젊은 여성 대리를 처음 만났다. 그 여성이 김 대표를 계속 '김지수 씨'라고 부르자, 선배가 왜 대표님이라고 부르지 않냐고 주의를 주었다. 그러자 그 사람의 대답은 이러했다.

"지금 여기는 각자 일과 후 자발적으로 모인 사적 자리인 데다가 저분은 저희 회사 또는 제 업무와 연관되지도 않았고, 저희 회사 대표도 아니잖아요?"

순간 싸한 분위기가 흘렀고, 김지수 씨는 집에 와서 왜

실존주의자 선언

249

자신이 당혹스러움과 순간적 불쾌함을 느꼈을까 생각해보았다고 한다. 평소 듣던 대표님이란 당연한 호칭을 듣지 못한 데다가, '대리 직급의, 어린, 여성'이라서 그랬다는 것이다. 그는 자신이 '남존여비 사고와 지위에 따른 갑을 서열 이데올로기가 체화된 권위주의적 아재 혹은 꼰대'라는 성찰적 결론에 이르렀다.

사람은 모두 인정받고 싶은 욕구가 있다. 그러나 인정의 원천이 서열에서만 오는 사회에서는, 사적 자리에서도 공적 호칭으로 불리고 싶은 욕망을 버리지 못한다. 개인의 인격으로 인정받는 것이 아니라 직업과 직함, 때로는 나이로 인정받고자 하는 욕구다. 김지수 씨는 "해당 호칭과 관련 있는 공적 자리가 아님에도 자연인 자리에서 대표 호칭을 바라는 것은 일종의 지나친 의전을 바라는 일"이라고 말했다.

호칭이 서열이 되는 권위주의적 문화는 직함이 없는 많은 사람을 소외시키기도 한다. 예컨대 비정규직으로 근무하는 중년 여성 직원들을 모두 '여사님'으로 부르는 식이다. 그래서 이미 많은 회사가 '호칭의 민주화'를 위한 호

칭 개혁을 시행하고 있다. 직급 대신 '이름+님'이나 닉네임
으로 부르는 것이다. 내가 일했던 두 번째 회사도 사원부터
부장 사이의 호칭을 '매니저'와 '책임매니저'로 간단히 이
원화했다고 한다. 여전히 윗사람은 아랫사람을 '매니저'라
고 부르고, 반대는 '매니저+님'으로 부르는 수직적 서열문
화에서 완전히 탈피하진 못했다지만, 아무튼 이런 시도는
서열문화를 바꿔가는 출발점 역할을 할 수 있을 것이다.

　호칭의 불편함과 갈등은 직장보다 사적인 모임에서 더
문제가 된다. 직장에서는 '직위'로 간단하게 호칭이 정해
진다면, 동호회나 사교 모임처럼 사적이지만 친분이 두텁
지 않은 자리는 다양한 맥락을 통해 서로를 파악하고 줄 세
우려는 복잡한 정치가 발생하기 때문이다. 나이는 가장 기
본적인 기준이다. 적절한 호칭을 정하기 위해 타인의 배경
을 조사하는 작업도 은밀하게 이뤄지는데, 대놓고 물어보
지 않고 2002년 월드컵 당시 학년이라든가 동년배가 알 수
있는 문화적 코드를 던져보는 식이다. 선배-후배의 질서가
잡히면 '존댓말-반말'의 말 높이와 '오빠, 형' 같은 성별에
따른 호칭도 자연스럽게 확정된다. 이런 호칭 문화는 서열

을 다시 강화한다. 그런데 이 '나이에 기초한 서열'은 어떤 방식으로도 바꿀 수 없는 것인지라 폭력적이다. 아무리 노력해도 단번에 나이를 먹을 방법은 없기 때문이다.

나는 '선생님'이라는 호칭을 가장 좋아한다. 나이, 성별, 직업을 모르는 모호한 상황에서도 두루두루 쓸 수 있으면서 예의 바른 표현이다. 게다가 이름을 몰라도 쓸 수 있으니 온라인, 오프라인 가리지 않고 쓰기 편하다. '님' 자를 뗄 정도로 친해진 동년배들끼리의 사적 자리에서는 '○○쓰'라는 호칭을 자주 쓴다. 트위터에서는 동무의 '무'를 따 '○○무'라고 부르는 것도 봤다. 적당히 모호하고 즐거운 호칭이라고 생각했다. 이후 내가 참가하는 글쓰기 모임에서 우리는 서로를 '○○무'라고 부른다. 중요한 것은 신상 정보나 맥락을 몰라도 상관없는 중립적인 호칭의 존재다.

호칭의 민주화가 이뤄진 사회를 상상한다. 영어식 호칭 문화가 완벽한 문화인지는 잘 모르겠지만, 어쨌든 평등한 호칭 문화에 목마른 사람이 먼저 제안하고 다니는 수밖에 없다. 오해의 소지가 적은 호칭을 두루 사용하는 것, 나이를 묻지 않는 게 당연해지는 연습을 하는 것. 이미 굳어진 호칭을 바꾸기 어렵다면, 앞으로 새로 만날 사이에서라도 함께 호칭에 대한 룰을 정해보는 것도 좋을 것이다.

2020년은 실제로 일상에서 호칭의 민주화를 실험해보는 해였다. 취업 스터디를 하며 만난 친구들은 모두 나보다 어렸다. 크게는 다섯 살까지 차이가 났다. 스터디를 같이한 지 몇 개월 후, 나는 그들에게 제안했다. 나를 그냥 이름으로 불러달라고. 우리 서로 말을 놓는 건 어떻겠냐고. 그렇게 우리는 '언니', '누나', '오빠', '형'이란 호칭 없이 서로의 이름을 부르는 사이가 됐다. 이는 스터디에도 긍정적 영향을 미쳤다. 나이와 상관없이 동등한 동료로서 피드백을 주고받았기 때문이다.

언젠가 스터디원 한 명이 내게 "동년배 같아서 가끔 나이를 잊어"라고 말한 적도 있다. 그땐 장난스레 "몇 살까지 동년밴데? 나도 간신히 90년대생이야"라고 말했지만, 사실은 조금 기쁜 마음이 들었다. 나이와 상관없이 친구가 되는 일은 새롭고 특별한 경험이다. 그 이후로 나는 새로 만난 관계에서 종종 먼저 제안하고는 한다.

"우리 그냥 이름 부르는 사이가 될래요?"

신인류의 우정

'우리는 왜 이렇게 잘 맞을까?'

온라인 글쓰기 모임인 '마기슬'을 떠올릴 때마다 드는 생각이다. '마감의 기쁨과 슬픔'에서 따온 '마기슬'의 시작은 1년 전으로 거슬러 올라간다. 당시 나는 쓰고 싶은 글은 많았지만 게으른 탓에 실행에 옮기지 못하고 있었다. 강제적 마감이 필요했다. 자체적으로 마감을 정해주는 온라인 글쓰기 모임을 떠올리게 된 계기다. 고려했던 기준은 딱 세 개였다. '온라인', '마감', '글쓰기'. 이 정도의 러프함만 가지고 인스타그램 스토리에 글을 올렸다.

"일주일에 두 번 글을 쓰는 온라인 모임 하실 분 계세요?"

당시 내 인스타그램을 꾸준히 봐주는 사람은 고작 80명 정도였다. 몇 명이 DM을 보냈다. 모두 인스타그램을 통해 알게 된 사이버 친구들이다.

"기간은 얼마나 하실 생각인가요?"

"생각해보지 않았습니다. 10주는 어때요?"

"분량은 어느 정도일까요?"

"그것도 생각해보지 않았습니다. 1,500자 정도로 할까요?"

"일주일에 한 번은 안 되나요?"

DM으로 이런 과정을 거친 끝에 마기슬이라는 모임이 탄생했다.

초창기 마기슬에서는 '이왕이면 뭐든지' 해봤다. 온라인 모임의 특성상, 시간이 흐를수록 글과 피드백의 참여도가 떨어졌다. 벌금과 보상 제도도 제 기능을 하지 못했다. 그래서 우리는 '방학'과 '글쓰기 면제권' 제도를 도입해 각자의 호흡으로 글을 쓸 수 있도록 했다. 글쓰기와 피드백에 대한 벌금과 보상 체계도 시즌마다 업데이트했다. 생체리 듬을 고려해 마감 시간도 몇 번씩 바꿨고, 돌아가며 마기슬 의 반장을 맡는 '반장 제도'도 도입했다. 한 명에게 큰 운영 부담을 지우지 않기 위해서였다.

지속 가능한 공동체는 좋은 사람에게서 나오는 게 아니라 좋은 시스템에서 나왔다. 그런데 그 시스템은 좋은 대화를 통해서만 만들 수 있다. '이렇게까지 해야 해?'라는 말이 나올 법도 했지만 모두 그 과정을 거리낌 없이 받아들였다. 지난한 과정을 거쳐 제반을 마련한 덕분에 마기슬은 안정적으로 온라인 모임을 지속할 수 있었다. 우리가 원하는 것은 훌륭한 글을 쓰고 불나방같이 사라지는 굵고 짧은 모임이 아니라 아무 말이나 지껄일 수 있는 가늘고 긴 모임이었다.

그 모임 속에서 우리는 우리의 이기적 욕망을 실현했다. 그건 말하고 싶은 욕구였다. 마기슬의 규칙 중 하나는 각자 쓰고 싶은 글을 쓴다는 것이다. 시즌 1을 진행할 때, 나는 아빠의 죽음에 관한 글을 썼다. 그런데 나의 글보다 좋았던 것은 마기무(마기슬에서 서로를 부르는 호칭이다)들의 피드백이었다. 정성 어린 응원과 자신의 이야기를 덧붙이는 마기무들의 사려 깊은 피드백은 글쓰기의 가장 큰 동력이 되었다. 우리는 우리가 만든 안전한 세계 속에서 거침없이 글을 써 내려갔다. 모임이 안전해질수록, 글은 위험해졌다.

그건 꽤 이상한 일이었다. SNS 아이디로만 알던 사이버 친구의 글을 매주 읽으며, 나는 그들을 단단한 피부를 가진 구체적인 개인으로 인식하게 되었다. 가상의 자아와 현실의 인간이 내 안에서 뒤섞여 입체적인 인간이 탄생했다. 나는 이제 한 명의 마기무를 인식하는 데 있어 인스타그램에서 본 은유적인 사진, 구글 스프레드시트에 올린 날것의 글, 카카오톡에서 쓰는 취향이 섞인 이모티콘(저 사람은 저런 걸 돈 주고 사는구나 하는 순수한 놀라움을 준다) 등을 총체적으로 결합한다. 우리는 단숨에 서로를 너무 많이 알게 되었다. 그러면서도 우리는 여전히 서로를 잘 모른다.

어쩌면 이것이 마기슬의 본질일지도 모른다. 사실 팬데믹의 등장은 마기슬에게 별 영향을 미치지 못했다. 우리는 코로나19 때문에 어쩔 수 없이 비대면으로 글을 쓰기 시작한 것이 아니다. 우리는 처음부터 만나지 않을 것을 전제하고 글을 쓰고 나눴다. 그러나 바로 그 점 때문에 우리는 누구보다 포스트 코로나 시대의 항체를 가진 공동체가 될 수 있었다. 비대면은 피할 수 없는 선택이 아니라 우리의 태생적 조건이었고, 거리두기는 우리가 솔직하고 위험한 글을 쓸 수 있게 한 원동력이었다.

마기슬은 그런 관계가 현실의 관계 못지않음을, 어쩌면 더 나을 수 있다는 걸 알려주었다. 나는 '사이버 우정'이라는 말을 자주 사용한다. 종종 사이버 우정은 오프라인 우정을 넘을 수 없는 대체품으로 서열화된다. 그러나 마기슬의 우정은 내게 현실 우정의 대체품이 아니다. 이 우정은 안전하면서도 위험한, 멀지만 가까운, 모든 걸 알면서 아무것도 모르는, '새로운 시대의 우정'이다. 이런 우정을 한 번이라도 경험하고 나면 세상은 전혀 다르게 보인다. 현실의 모든 조건을 뛰어넘어 누구와도 새로운 관계를 맺을 수 있다는 가능성을 믿게 되기 때문이다. 우리가 바라보는 세상은 남들보다 넓다.

2020년 12월 14일은 마기슬이 생긴 지 1년이 되는 날이었다. 원래 우리는 1주년을 기념해서 오프라인 연말 파티를 계획했지만, 코로나 확산이 심각해지면서 취소해야 했다. 아쉬운 마음이 드는 한편, 깊은 마음 한구석으로는 다행이라는 생각이 들기도 했다. 어쩌면 나는 마기슬과의 적정 거리를 계속 유지하고 싶은 걸지도 모른다. 현실의 수많은 관계들처럼, 우리의 거리가 너무 가까워져 서로 스트레스를 주는 사이가 될까 봐 두렵기도 하다. 아마 이건 마기슬을 현실의 고통을 털어놓을 수 있는 안전한 갈라파고스로 남기고 싶어 하는 마음일 것이다. 하지만 지금까지 그래 왔듯이, 비대면과 대면을 넘어, 우리는 마기슬만의 방법을 찾아갈 것이다. 나는 이것을 '신인류의 우정'이라고 부르고 싶다.

종종 사람들은 묻는다. 자기도 '마기슬'에 가입할 수는 없겠냐고. 그럼 나는 대답한다. 직접 '당신만의 마기슬'을 만들어보는 건 어떻겠냐고. 마기슬은 인스타그램 스토리에 올린 허술한 아이디어에 DM을 보내고, 카카오톡으로 몇 번의 투표를 반복하고, 스프레드시트에 글보다 긴 피드백을 서로에게 남기며 성장했다. 직접적 대면 없이도 우리의 세상을 스스로 구축할 수 있었다. 그러니 가까운 사이버 친구와 우선 시작해보길. 당신에게도 신인류의 우정이 찾아올지도 모르는 일이다.

쓰레기 방의 교훈

그런 방을 본 적 있다. 원룸 입구에 위치한 주방의 개수대에 설거짓거리가 가득 차 있는 방. 프라이팬에는 기름 낀 음식물이 말라붙어 있고, 유리컵 바닥엔 푸른곰팡이가 피었다. 주방에서 침대까지 거리는 열 걸음도 채 되지 않지만, 발 디딜 틈이 없어 한 발자국마다 공백을 찾아야 한다. 피자, 치킨, 떡볶이, 광어회 등 온갖 종류의 배달 음식이 박스 그대로 널려 있고 어떤 봉지에는 구더기도 꼬여 있다. 날파리가 좁은 열 평짜리 방을 쉴 새 없이 날아다닌다. 침대 위에는 옷들이 수북하게 쌓여 있어서 무릎을 굽혀야 겨우 누울 수 있을 정도의 자리만 남아 있다. 침대 주변에는 콜라가 흐른 자국이 딱지처럼 굳어져 있다. 청소한 흔적은 보이지 않지만, 그 의지는 느낄 수 있는 50리터 쓰레기봉투 열 개 묶음. 집 밖에 나갈 때나 뿌리는 섬유탈취제. 인터넷인가, TV에선가 본 듯한 히키코모리의 방.

이 방은 사실 내 방이었다. 불과 몇 년 전, 오피스텔에 살던 사회 초년생이었을 때다. 그때만 그랬던 것은 아니다. 대학생 시절 기숙사에서 살 때나, 하숙집에서 살 때도 비슷했다. 1년에 두어 번 정도는 큰 무기력에 빠졌고 그때마다 집은 쓰레기장이 됐다. 삶은 일과 수면으로만 나뉘고, 일상을 돌볼 최소한의 노력도 하지 않았다. 씻는 것도 목욕탕에 가서 씻고, 마지못해 해야 할 일은 카페에 가서 했다. 내 몸의 터전인 집이 제구실을 하지 못하고 나를 오히려 집에서 쫓아냈다. 집에서는 그저 좁은 침대에 누워 킬링타임용 영상이나 인터넷 게시글을 봤다. 시간을 죽인다는 말이 가장 적절했다. 그 방에서는 나를 포함해서 모든 것이 죽어 있었다.

무기력의 끝을 찍고 일말의 감정조차 사라진 건조한 사막 같은 시기에 갑자기 마법에서 깨어나듯 청소를 했다. 더 이상 이렇게 살면 안 되겠다는 불안이 특정 사건과 맞물려 피할 방도가 없을 때 그랬다. 하숙집 아줌마가 찾아온다거나, 긴 출장을 떠나고 돌아왔을 때나, 이런 꼴로 살고 있는 것을 친구들에게 들켰을 때. 한 번도 그런 방을 겪어본 적 없었을 친구들이 깜짝 놀라 대신 방을 치워준 적도 있다. 무기력에서 벗어나서 청소한 게 아니라 어쩌다가 (우연찮게) 청소를 하고 깨끗해진 방을 보며 정신이 조금씩 돌아오는 것에 가까웠다. 어느 정도가 자의고 어느 정도가 타의인지 분간되지 않았다. 그냥 운이 좋으면 정신을 차렸다. 아직도 무기력에 어떻게 대처해야 하는지 답을 잘 모른다.

　　언젠가 글쓰기 강의에서 선생님은 '자기 디스의 힘'에 대해 말했다. 부족한 나를 드러내는 것엔 힘이 있다고 했다. 인간은 모두 허위와 가식으로 가득 차 있고, 자신의 좋은 점만 늘어놓고 싶은 욕망을 막을 길이 없다. 하지만 자기 객관화가 된 사람은 용기 있게 부족한 점을 드러내는 데 주저함이 없다. 성숙한 사람에게만 그런 '자기 인식' 능력

실존주의자 선언

이 있다. 하지만 아무리 생각해도 부족했던, 답이 없는 흑역사를 어떻게 다루어야 하는지 선생님은 말해주지 않았다.

이런 것들은 어떤 교훈도 얻을 수 없는, 그 자체로 지우고 싶은 기억이다. 치기 어린 시절, 감정의 과잉에서 비롯한 재미난 사건 사고가 아니라, 다 큰 어른의 미성숙함을 보여주는 증거들. 그 나이를 먹고, 다 큰 어른이 되어서는 하지 않을 행동들….

히키코모리의 그것처럼 더러워진 내 방. 이런 것은 비료로도 못 쓰고 부유하는, 내 삶의 미세 플라스틱 쓰레기 같은 이야기 같다. 그런 이야기는 멋있지 않다. 돌이켜 생각해보니 성장하지도 않았다. 심지어 현재도 계속 진행 중일지도 모른다. 이것들이 도대체 내 삶에 어떤 인식을 준단 말이지? 아무리 '자기 인식'을 해봐도 내가 멍청하다는 사실밖에는 떠오르지 않는다.

그래서일까, 인터넷에 쓰레기 방 관련 게시물이 올라오면 약간은 비장한 마음으로 클릭한다. 일본 웹사이트의 히키코모리나, 네이트판에 자취생 썰 같은 것이 올라오면 먼저 대충 사진이나 영상을 훑어보며 얼마나 더러운지 가늠한다. 그리고 댓글을 확인한다. "이 정도면 정신병인 듯",

"저기서 어떻게 사람이 살 수 있음?", "개민폐다." 사진과 댓글을 보며 '난 그래도 저 정도는 아니었지'라며 거리두기를 한다. 그런데 결국 내가 감정의 거리를 좁히는 대상은 댓글을 다는 사람들이 아니라 사진 속 주인공들이다. 말도 안 되는 저 방이 처음부터 저러진 않았을 거라는 공감, 어느 마지노선을 넘으면 순식간에 망가질 수 있다는 경험에 바탕한 진실, 운이 나쁘면 나도 충분히 저렇게 될 수 있었다는 약간의 섬뜩함.

　최근에 『죽은 자의 집 청소』라는 책을 읽었다. 특수 청소 서비스 회사 '하드웍스'를 차린 김완 대표가 죽음 현장에 드러난 흔적을 다룬 책이다. 저자는 쓰레기로 가득 찬 방을 치우며 동전과 지폐들을 무수히 찾는다. 나는 쓰레기 방에 유독 지폐와 동전이 많은 이유를 알고 있다. 삶이 쓰레기가 되면, 돈이나 쓰레기나 똑같이 가치 없어 보인다. 그러니까 나의 흑역사에서 그나마 의미를 뽑아보자면 이 정도다.
　'그럴 수 있다는 걸 이해한다.'
　어쩌다가 삶이 나빠지고 운이 좋게 다시 괜찮아질 수 있다. 그런 게 한 끗 차이라는 것을 이해한다. 히키코모리,

저장 강박, 우울증 등 각종 용어로 비정상적인 타인과 정상적인 나 사이에 선을 긋는 것은 쉽다. 하지만 세상의 문제는 그렇게 정상과 비정상으로 분명하게 양분되지 않는다. 약간의 운이 좌지우지하는 스펙트럼에 가깝다는 걸 안다.

나도 그때 운이 나빴다면, 대신 치워준 친구나 하숙집 아주머니나 출장이 없었다면, 비슷한 모습이 아니었을까 하는 상상을 한다. 자주 감정의 고삐를 상실하고, 일상성이 무너지는 것은 내 성격 때문이 아니라, 타인의 도움을 받아야 한다는 어떤 시그널이었다는 것을 이제야 짐작해본다. 어쩌면 나는 아주 깊은 우울로 빠지기 전에 수렁에서 건져준 주변 사람들이 있었기 때문에 최악의 방을 피할 수 있었을지도 모른다. 결핍의 경험은 비슷한 타인을 이해하는 데 도움이 될 수 있다. '비정상과 정상은 한 끗 차이일 뿐이다.' 이건 내가 나의 잊고 싶은 기억들에서 얻은 단 하나의 진실이다.

수족관 아포칼립스

예전에는 데이트 장소로 아쿠아리움을 좋아했다. 애인이 있는 친구에게 생일 선물로 코엑스나 롯데월드 아쿠아리움 티켓을 주기도 했다. 영화 〈클로저〉에서 줄리아 로버츠와 클라이브 오웬이 수족관에서 처음 만나는 순간이나, 영화 〈후아유〉에서 인어 쇼를 연습하는 아쿠아리움 다이버 이나영과 조승우의 사이버 러브를 떠올리면서. 영화 〈로미오와 줄리엣〉도 빼놓을 수 없다. 열대어로 가득 찬 수족관을 마주한 리어나도 디캐프리오와 클레어 데인즈의 첫 만남은 얼마나 설레는지.

수족관은 확실히 낭만적인 구석이 있다. 온갖 색과 소음으로 가득 찬 세상에서 수족관만큼은 물속에 들어온 듯이 고요하고 이색적인 공간감을 선사한다. 모든 것이 푸르게 보이는 시원한 시야, 바닷속을 걷는 듯한 길고 둥근 터널, 야광 조명을 받으며 헤엄치는 반짝이는 해파리…. 돌고래에게 먹이를 던지며 동물 친화적이고 배려심 넓은 주인공의 성격을 은유하기도 하는 아쿠아리움은 탁월한 영화적 공간이다. 너무나 현실적인 도심 한가운데서 이렇게 비현실적인 몽환을 느낄 수 있다니 말이다.

수족관은 우리에 갇힌 호랑이나 사자가 있는 동물원에 비해 동물을 대상화한다는 죄책감이 덜했다. 어쩌면 그것도 아쿠아리움 특유의 낭만적 공간이 불러낸 착시 효과 때문일지도 몰랐다. 언젠가부터 나는 수족관도 자연스럽게 가지 않게 되었다. 인간의 낭만을 위해 배경이 되는 동물이 신경 쓰이기 시작했을 때부터다. 자유롭게 헤엄치지만 결국 한정된 공간일 뿐이고, 조련사가 물개나 돌고래와 형성한 유대감도 결국 '쇼'를 위한 우정이니까.

그럼에도 약간의 의문이 내 안에 남아 있었다. 사자, 호랑이, 독수리에 비하면 해파리, 불가사리, 열대어 정도는 괜찮지 않냐고. 아쿠아리움을 둘러싼 동물권 운동도 대부분 고등 지각 능력이 있는 돌고래나 벨루가(흰고래) 등 포유류 중심으로 이루어진다. 어쨌든 수족관을 불매하기는 쉬웠다. 원래도 그렇게 자주 가는 일이 없는 이벤트성 장소였으니까. 그렇게 나는 동물원과 수족관의 차이, 은연중에 위계를 만든 내 의문을 해결하지 못한 채로 넘어갔다.

평온하고 게으른 수족관 불매는 어느 날 쉽게 깨졌다. 스페인으로 건축 답사를 갔을 때 일이다. 발렌시아에는 해양예술 과학단지인 '예술과 과학 도시'가 있다. 유명 건축가 산티아고 칼라트라바가 조성한 이곳엔 발렌시아 해양박물관, 레이나 소피아 예술 궁전, 유럽 최대 규모의 수족관인 오세아노그라픽이 있다. 칼라트라바의 건축을 보러 여기까지 왔는데, 어떻게 안 보고 그냥 지나칠 수 있는가. 내 불매는 명분과 변명으로 쉽게 무너지는 정도의 다짐이었다.

오세아노그라픽은 하루를 온전히 써도 다 보지 못할

정도로 엄청난 규모였다. 나는 급한 대로 관람 시간이 정해진 돌고래쇼부터 보러 갔다. 무대에서 멀찌감치 혼자 떨어져 앉았다. 본격적인 시작 전에 오세아노그라픽의 브랜드 영상이 떴다. 해양에서 구조한 동물을 치료하고, 멸종 위기에 빠진 동물을 보호하며, 해양동물과 친환경적으로 함께한다는 그럴싸한 메시지.

이후 등장한 돌고래는 귀엽고, 조련사는 친절했다. 그러나 돌고래가 실수 없이 귀여움을 부릴수록, 조련사의 말을 잘 들을수록, 점프를 높이 할수록 불쌍해서 울컥하는 마음이 들었다. 혼자 우는 게 민망해서 선글라스를 끼고 눈물을 흘렸다. 그렇게 눈물을 흘리는 내가 위선적이어서 마음이 복잡해졌다. 왜 아까 해파리를 볼 때는 안 울었지? 내 교감과 동정의 감수성은 갈치, 고등어, 불가사리에겐 작동하지 않지만, 돌고래에게는 작동하는 걸까? 이곳에서 나는 분열되고 위선적이어서 숨겨둔 이 감정과 또다시 마주했다.

하지만 결국 답은 간단하다. 종의 위계를 세우는 구조 자체를 거절하면 된다. 어떤 동물에게도 '전시당하지 않을 권리'가 있다. 해파리든, 멸치든, 그 목적이 인간의 재미와 감동, 눈요기를 위해 전시되는 것이라면 수용해서는 안 된다. 벨루가는 안 되고, 불가사리는 된다? 그런 위계의 기준을 세우다 보면 어느 순간에는 필연적으로 부딪히게 된다. 어떤 것은 되고, 안 되고를 고려하는 이분법 사고는 '관람'의 비윤리성을 흐린다.

사실 수족관이나 동물원에 대해서는 그 명분에 속기 쉽다. 동물을 보호한다는 명분, 아이들을 교육한다는 명분. 게다가 수족관은 왠지 동물원보다는 괜찮을 것 같다는 윤리의 비교우위까지 선점한다. 그러나 공룡에 대한 아이들의 무한한 애정을 생각해보면, 꼭 직접 봐야 공부가 된다는 말도 틀린 말이다. 다행히 AR, VR 기술의 시대는 전시 관람의 새로운 미래를 제시한다. 곧 동물을 관람하러 굳이 집 밖으로 나갈 필요가 없어질 것이다.

최근에는 정치적으로도 보다 진일보한 목소리가 등장하고 있다. 뮤지션 전범선 씨는 「동물당이 필요하다」라는 칼럼에서 유럽의 동물당을 소개하고, 한국의 동물당 창당 의지를 밝혔다. 사회적 약자인 동물의 권리 보호를 시민사회의 영역에서 정치의 영역으로 확장하는 시도가 진행되고 있다. 그래서 나는 다짐한다. 좀 더 강하게 수족관을 불

매하자고. 그리고 나는 기대한다. 아마 지금 운영 중인 수
족관을 마지막으로 관람의 시대는 사라질 거라고. 수족관
의 아포칼립스(종말)는 정말 얼마 남지 않았다.

완벽하지 않은 채식주의자

최근 회사에 다니는 친구의 채식주의자 선언을 듣고 놀란 적이 있다. 그는 육류는 물론이고, 달걀이나 우유처럼 동물에서 비롯된 음식도 섭취하지 않는 엄격한 비건이 된 지 5개월째라고 했다.

"어떻게 시작한 거야?", "회사에서 회식도 자주 하는데 안 힘들어?", "앞으로도 계속할 예정이야?"

친구에게 질문하는 내 모습이 흡사 채식주의자를 검거하려고 취조하는 형사 꼴이었다는 것은 나중에야 알아차렸다.

　그건 내 육식에 대한 죄책감에서 비롯된 자기방어였다. 몇 년 전 나도 채식을 시도한 적이 있다. 『육식의 종말』과 『잡식동물의 딜레마』를 읽고 나서부터였다. 자본주의 소비 풍조로 인해 1950년대보다 고기 섭취량이 두 배 많아지고, 이로 인해 100억 마리 이상의 동물이 매년 공장에서 비윤리적으로 도축되는 것을 알게 된 나는 곧바로 채식을 시작했다. 나도 처음엔 엄격한 비건이었다. 그러다 유제품을 먹는 비건으로 노선을 바꾸고, 그것마저 힘들어 생선을 먹었다. 초기의 열정과 다르게 번번이 채식에 실패한 나는 육식으로 돌아갔다.

　그때 나는 '완벽한 채식'에 실패했다고 생각했다. 비거니즘에는 궁극의 목표가 있고 이를 완벽하게 수행할수록 도덕적인 사람이라는 사고는 나에게 자괴감을 안겨주었다. 그러나 이런 태도야말로 비거니즘의 가치관과 상반되는 것이었다. 지구는 인간의 것이라는 인간중심주의에서 벗어나는 것, 지구에서 살아가는 존재 간의 위계보다 차이에 집중하는 '비(非)위계성'은 동물권의 바탕이다. 그러니 비거니즘에 위계를 두고 도덕에 등급을 매기는 내 채식의 종말은 예정되어 있었다.

　내 좁은 시야를 깨달은 건 김한민 작가의 『아무튼, 비건』을 읽은 후부터였다. 그는 완벽한 '비건' 몇 명이 존재하는 것보다 다수의 사람이 좀 더 '비건적'으로 살아가는 게 사회 전체적으로 더 효과적이라고 지적했다. 비건은 명사가 아닌 형용사로 사용되어야 한다는 것이다. 본인을 '평일 채식주의자(weekday vegetarian)'라고 소개하는 그레이엄 힐의 TED 영상도 봤다. 그는 주중에는 채식을 하지만 주말에는 고기를 섭취한다고 했다. 예전의 나였다면 그가 '진정한 비건'이 아니라고 생각했을지 모른다. 그러나 아무것도 하지 않은 나보다는 확실히 나았다. 주중 채식만으로도 고기 섭취의 70퍼센트를 줄이는 데 성공했으니까.

　세상의 모든 문제도 이와 비슷하지 않을까. 세상은 복잡하게 연결되어 있고, 세계의 불의와 고통에 우리는 얼마간의 책임이 있다. 완벽한 페미니스트가 되는 것보단 페미니즘적 사고로 살아가는 것, 한 명의 그레타 툰베리가 존재하는 것보단 다수의 사람이 '툰베리적'으로 환경문제에 동참하는 자세가 더 중요하다. 완벽하지 않아도 상관없다. '적어도 이것 하나만큼은' 시도하고, 그 '하나'를 '둘, 셋'으로 늘려나가는 과정이 필요하다. 지금 이 세상도 어설픈 사람들의 사소한 시도로 조금씩 확장된 결과일지 모른다.

그래서 나도 다시 채식을 시작했다. 적어도 삼시세끼 중 한 끼만이라도 채식을 하기로 한 것이다. 완벽할 필요는 없다. 이 정도로도 충분하다.

세상은 복잡하게 연결되어 있고,
세계의 불의와 고통에 우리는
얼마간의 책임이 있다.

완벽한 페미니스트가 되는 것보단,
페미니즘적 사고로 살아가는 것,
한 명의 그레타 툰베리가 존재하는
것보단 다수의 사람이 '툰베리적'으로
환경문제에 동참하는 자세가 더
중요하다. 완벽하지 않아도 상관없다.

누구나 야한 사람이
될 수 있기를

어느 학생이 엘리베이터에서 목격한 장면이다. 그와 동승한 어떤 여성 장애인이 화장을 하고 있었는데, 함께 타고 있던 할머니가 그녀를 잠시 내려다보더니 머리를 쓰다듬으며 이렇게 말했다고 한다.

"어이구, 지도 여자라고."

김찬호의 책 『모멸감』에 등장한 사례다. 뇌성마비나 지적 장애인, 특히 여성 장애인은 나이가 꽤 들었음에도 어린아이 취급을 받는다. 자신을 꾸미는 것이 자유로운 사회인데도, 장애인은 립스틱만 발라도 눈길을 받는다. 발달장애를 가진 내 여동생도 앞의 엘리베이터 속 장애인 같은 대우를 자주 받는다. 문제는 우리 가족도 동생을 '내려다보는' 시선에서 자유롭지 않다는 점이다. 동생은 연애 중이다. 오랜만의 데이트를 위해 한껏 꾸밀 때, 카톡으로 사랑싸움을 할 때, 우리 가족은 동생의 연애를 소꿉장난 취급할 때가 많다. 그러나 동생은 언제나 진지하다. 사랑받고 싶은 욕망에 솔직하고, 서로에게 아름답고 멋진 모습을 보이기 위해 노력한다. 상처받을 수 있다는 것을 알면서도 사랑하고, 헤어진다. 동생이야말로 나보다 훨씬 어른스러운 사람이다.

아름다움과 가장 먼 곳에 장애인이라는 단어가 있다. 물론 장애인에게 허락되는 아름다움이 있다. 비장미나 숭고미와 같은 것이다. '오체불만족'한 닉 부이치치의 감동적인 강연이나, 역경을 이겨내고 장애인 올림픽에 출전한 선수에게서 느껴지는 숭고한 아름다움이 그 예다. 이 스토리엔 '그럼에도 불구하고'라는 제약적인 아름다움이 담겨 있다. 그들 자신의 아름다움이 아닌, 비장애인에게 용기를 주기 위해 타자화된 아름다움이다. 그러나 내 동생은 비장애인에게 용기를 주기 위해서가 아니라, 연인에게 아름다워 보이고 싶고 성적으로 매력적으로 보이고 싶어 자신을 치장한다. 누구나 그렇듯이.

장애인도 '희망보다 욕망'이고 싶다. 자전적 에세이 『희망 대신 욕망』을 출간한 김원영 변호사는 골형성부전증을 가진 장애인이다. 유년 시절부터 뼈가 쉽게 부러지고 다시 붙지 않아 휠체어가 평생의 동반자가 된 그는 자신도 '야한 장애인'이고 싶다고 말했다. 책에서 그는 사랑하는 사람에게 매력적인 사람으로 비치고 싶은 욕망, 고백을 거절당했을 때 '내가 장애인이라 거절했구나'라는 피해의식에 빠지지 않기 위해 애써 쿨한 척해야 했던 날을 떠올린다. 그가 느끼기에 직립보행은 섹시하지만, 휠체어는 섹시하지 않았다. 첫 만남에서 이성에게 어필할 수 있는 매력 자본 측면에서 그는 밀린다고 생각했다. 하지만 할 수 있는 게 없었다. 장애인이라는 이유로 고용에서 불이익을 당하는 것은 불법이지만, 매력 불평등을 고려해 타인에게 나를 사랑해달라 강요할 수는 없는 노릇이었다.

외적 매력, 이를테면 얼굴과 몸매, 신장, 스타일이 사회 문화적으로 아름답다고 여겨지는 사람은 쉽게 많은 이들의 욕망의 대상이 된다. 그렇다고 외적 매력이 상대적으로 낮은 이들의 에로스가 불가능한 것은 아니다. 사랑에 빠지는 순간은 종소리가 들리는 것처럼 단번에 오기도 하지만, 옷자락에 물이 스며들듯 천천히 오기도 한다. 좋아하는 음반을 빛나는 눈으로 설명하는 낮은 목소리, 먼저 손을 뻗어 힘든 순간을 위로해주는 다정함, 일상화된 따스함… 매력 자본 싸움에서 밀린 이들의 정신 승리라고 하면 할 말은 없지만, 한 사람의 매력을 알아가는 방법은 여러 가지다. 그리고 여기엔 충분한 시간과 노력이 든다. 〈왕좌의 게임〉에 나온 배우 피터 딘클리지가 짧은 '난쟁이'에서 똑똑하고 기지가 빛나는 입체적인 캐릭터로 다가오는 순간처럼. 그러나 TV에 다양한 캐릭터의 장애인이 나오지 않는 사회, 더 나아가 초등학교 입학과 함께 서로 분리된 교실에서 살아가는 사회는 그들에게 아름다움을 보여줄 충분한 시간을 허락하지 않는다.

아름다움의 정상성에 대한 강박이 강한 사회일수록

실존주의자 선언

'비정상성'에 대한 혐오가 발현되기 쉽다. 젊고 아름다운 헤테로(hetero, 이성애자)의 로맨스만 생산하는 미디어는 다양한 개인의 서사를 배제한다. 어떤 개인은 그저 집단으로 일반화되어 납작하게 묘사될 뿐, 그들도 욕망을 가진 존재라는 사실이 인정되지 않는다. 우리는 레즈비언, 노인, 장애인의 섹스를 쉽게 상상하지 못한다. 심지어 상상하는 것만으로도 혐오감을 느끼는 사람들이 많다. 한국의 미디어는 비정형적 인물들의 서사를 무시함으로써 그들에 대한 상상 자체를 불편하게 만든다. 모든 이들이 욕망하고, 때로는 욕망의 대상이 되고 싶어 한다는 당연한 사실을 외면한 결과다.

미디어에 다양한 개인의 사랑이 범람하기를 꿈꾼다. 상상하지 못한 사람들의 로맨스가 등장하는 날을 꿈꾼다. 누구나 '야한' 사람이 될 수 있도록, 충분한 서사와 풍부한 감정, 입체적 면모를 가진 비정형적 유형의 캐릭터가 출몰하기를 꿈꾼다. 다니엘 헤니와 같은 백인 남성이 아니라, 동남아 남성이 한국 대중문화에서 로맨스의 대상이 될 수 있다면? 휠체어를 타고 다니는 장애인이 동정의 대상이 아

니라 다양한 면모를 가진 캐릭터로 극에서 생명력을 얻는
다면? '매력 불평등'의 사회에서 억지로 모두를 사랑하라
고 할 순 없다. 그래도 적어도 '아름다울 기회의 분배'는 이
뤄질 필요가 있다. 누구나 한 번쯤은 야한 욕망을 갖기를
바란다.

실존주의자 선언

초판 1쇄 인쇄 2021년 3월 3일
초판 1쇄 발행 2021년 3월 10일

지은이 사과집

펴낸이 김남전
편집장 유다형 | **기획·책임편집** 이정순 | **디자인** 정란
마케팅 정상원 한웅 정용민 김건우 | **경영관리** 임종열 김하은

펴낸곳 ㈜가나문화콘텐츠 | **출판 등록** 2002년 2월 15일 제10-2308호
주소 경기도 고양시 덕양구 호원길 3-2
전화 02-717-5494(편집부) 02-332-7755(관리부) | **팩스** 02-324-9944
홈페이지 ganapub.com | **포스트** post.naver.com/ganapub1
페이스북 facebook.com/ganapub1 | **인스타그램** instagram.com/ganapub1

ISBN 978-89-5736-320-1 (03810)

가나출판사는 당신의 소중한 투고 원고를 기다립니다. 책 출간에 대한 기획이나 원고가 있으신 분은 이메일 ganapub@naver.com으로 보내 주세요.